母への100の質問状

100 Questions to My Mother

Takeshi Moriya
森谷 雄

プロローグ

「では、プロデューサーから乾杯のご発声を！」

二〇〇八年、秋。札幌。

一ヶ月近い撮影を終え、スタッフやキャストたちとの打ち上げが始まろうとしていた。

「みなさん、本当にお疲れ様でした。今日はとことん、飲みましょう！」

窓の外にはススキノの街の灯りが見えた。

「乾杯！」

何十人もの人たちがグラスを合わせ、拍手とともに、打ち上げが始まった。

撮影となると一ヶ月近く家を空けることがよくある。僕は映画やドラマのプロデューサーだ。プロデューサーって何？　正直、一般の人にはその仕事内容はほとんど謎だろう。しかし、その仕事内容は多岐にわたり、監督のそれとは到底比べ物にならないくらいの幅広さで、つまりは、どう説明したらいいのか？「全ての責任を取る仕事」だ。作品のためなら何でもやる。そう、何でも屋だ。

会が始まって一時間くらいした頃だろうか、テーブルの上の携帯が震えた。

「もしもし」

「……もしもし」

「あ、どうした」

「……産んだから」

「何？　聞こえない。ちょっと待って」

居酒屋の外に出た。

「ごめん」

「産んだから、一時間くらい前に……男の子……元気よ」

妻からの電話だった。そうだった。もしかしたら、今日くらいが予定日だったか。

一ヶ月も家を空けても、文句一つも言わず、一人でちゃんと出産してしまうほどのしっかりした妻には本当に頭が上がらない。

ちょうど一時間くらい前。そう、僕が乾杯の発声をしたのと同時刻に長男が生まれた。長女を育てるに当たってはほとんどを妻に任せてしまった。おかげで、働き盛りの三十代を仕事一筋で過ごさせてもらった。

産まれたのは長男。つまり、男の子だ。

男親が男の子にどう接していくべきか？　それが僕の記憶の中には全くない。小さな頃から父親というものに接してきた記憶がないのだ。それはつまり、僕の母親の生き方に起因するもので、僕にはどうすることもできなかった事実だ。

男の子の親となった僕には、今後の長男との接し方には不安がない、とは言い切れない。しかし、父親との記憶を探し求めるより、正直、母の生き様に興味がある。誰もが母から生まれる。そのことに抗えるわけもなく僕たちは生まれてくる。

「全ての男はマザコンである」

とは、誰かに聞いた言葉だが、男たちは母親との繋がりを生涯求めて生きていくものではないだろうか？　しかし、自分が生まれた理由やそれ以前の母親の人生については、誰もがなかなか聞くことができないのも事実だろう。

ちょうどいい。

僕のプロデューサー根性が発動した。これを機に母への質問状を書いてみよう。母の人生への疑問を投げかけてみよう。僕の知らなかった母、知りたかった母の心を、自分の記憶も手繰り寄せながら、今このタイミングで聞き出すのだ。母と息子の人生の公約数に、自分自身の未来を見出せるかもしれない。

タイトルはこうだ。

『母への100の質問状』

我ながら、悪くない。さあ、取材の始まりだ。

*

「何ぃ、私に取材かん?」

三河弁丸出しの母は、電話口でそう言った。

「ほんでも、お母さんの人生なんて本になるかねぇ。ちっともドラマチックじゃないだら?」

そんなことない。女性の生き方としては随分先進的だと僕は思っている。少なくとも僕の知っている半世紀分は。

「ほんじゃあ書類を送るでね。時間があるときに質問の答え、送ってね」

「わかったよ。ほんじゃあ切るでね、バイバイ!」

母と離れて暮らすようになって、電話の最後はいつもこんな感じだ。

「バイバイ!」

常に明るい。どんな時も。

*

「母さん。あなたは今、幸せですか?」

これが僕の一番聞きたいことだ。僕の記憶の中にいる母にとって、とても意地悪で、むしろ愚問でしかない。僕の予想する母の答えは「いいえ」だ。だからこそ、これから始める母への質問はそれを確かめる旅のようなものなのだ。

母への質問は、記憶の中にある僕からの疑問を書き出してみたら簡単に一〇〇を超えた。膨大な質問の数に母は何を思うだろう？　そして、その答えたちに僕は何を知り、何を思い、母と僕の人生に何を見つけ出すのだろう？

母への100の質問状　目次

母への100の質問状

僕が生まれる前の母

質問1

母さん。

僕が生まれる前のあなたのことを少し聞かせてください。

答え1

息子へ。

私は一九四四年十二月二十二日に生まれました。

あなたのおばあちゃんは、私を戦争の最中に防空壕の中で産んでくれたそうです。今から考えたら、本当に大変なことだと思います。

おかげで、あなたも私もこの世にいるのですから。

質問2

母さん。

あなたはどんな青春を送り、そしてどんな恋をしていたのですか?

答え2

息子へ。

青春などと言えるかどうかわからないくらいに、短かったような気がします。

学生時代は弁論大会に出たり、下級生の応援弁士を買って出たりと、かなり活発な男勝りの女子だったと思います。

オシャレに興味があり、モデルに憧れたりもしたけれど、十八歳で名古屋の化粧品メーカーに勤めるようになりました。指導美容師として仕事に熱中していました。二十歳の時には既に「先生」などと呼ばれていました。今で言うキャリアウーマンのように、自分の仕事に自信を持って、成人の日も仕事をしていました。

そんな私が恋をしたのは、兄の親友で家族ぐるみの交際をしていた男性でした。恋と言えるかどうか？　でも、初めて恋というものをしたのがその人だったと記憶しています。当時、男の人にはよく交際を申し込まれたけれど、私自身は仕事もあり、そんなに恋に走るようなタイプじゃなかったかもしれません。
そんな折、兄が交通事故で亡くなりました。それがきっかけというのもアレだけれど、私からサヨナラを言ってその人とは別れてしまいました。

僕が生まれた時の母〜最初の父〜

質問3 母さん。
僕が生まれるきっかけになった出会いのことを教えてください。

答え3 息子へ。
化粧品メーカーに営業として入社してきた、私より一つ歳上の人。それがあなたの父親です。職場結婚でした。岡崎の六所神社《ろくしょじんしゃ》で結婚式を挙げました。文金高島田に赤い打掛け。今で言うイケメン営業マンの彼と二人で豊橋の神明町《しんめいちょう》に化粧品の営業所を一緒に開設しました。そこであなたを授かって、実家の近くの産婦人科であなたを産みました。一九六六年二月二十四日。バレンタインデーから十日後の早朝にあなたは生まれました。

質問4

母さん。

僕が生まれた時、どんな気持ちでしたか？

何を考えていましたか？

答え4

息子へ。

お母さんもお父さんもとても嬉しかったわよ。それは、親として当たり前のことです。おじいちゃんやおばあちゃんにとって初孫でした。

おじいちゃんは毎日、会社帰りに東岡崎の駅の近くに住んでいた私たちの家にあなたを抱っこしに来ていました。

私にとって、その時が最高に幸せだった。

質問5

母さん。

僕はどんな赤ん坊でしたか？　あなたに迷惑をかけていませんでしたか？

答え5

息子へ。

色白の目のぱっちりした自慢の赤ちゃんでした。あなたをベビーカーに乗せて、今で言うママ友と毎日ママ友の家に集合して楽しい時間を過ごしていました。母乳で育てたせいか、いつまでも乳ばなれができなかった。でも、神様に感謝したいくらい、本当にいい子でした。

生まれてきてくれてありがとう。そんな気持ちでした。

質問6

母さん。

その時のあなたにとって、僕はどんな存在だったのですか？

答え6

息子へ。

宝物のような存在でした。

ごめんなさい。お母さんは、あなたたちの父親と何があっても別れるべきではなかったね。我慢すべきでした。

「対面」

二〇〇八年、秋。

札幌ロケから戻ると、空港から直接妻のいる病院に向かった。

自宅の最寄り駅から二駅の大学病院。産婦人科のあるフロアには、静謐《せいひつ》で柔らかな空気が流れていた。病室のドアを開けると、妻の顔が見えた。

「ただいま」

「おかえり」

そう言った妻の隣には、小さくてすやすやと眠る僕の『息子』がいた。

「結構大きくてさ、なかなか出て来なくて。先生が私のお腹に乗って、それでやっと出て来たの、この子」

「そうか……そうか……」

「どうしたの？」

「肝心な時にいなくて、ごめん」

「いつものことでしょ」

そう言って、妻は笑った。

「看護師さんたちがね、イケメンさんだって褒めてくれたわ」

そして、僕も笑った。

仕事バカの僕は本当に肝心な時にいない父親だ。

長女の運動会やピアノ発表会だって、何とか最初だけ顔を出して、いたフリをして仕事に出かけた。かけっこで何位だったのか？　ピアノは最後までちゃんと弾けたのか？　結果は妻から聞くばかりだった。

大人になって、子どもの頃の自分の気持ちを忘れがちなのは仕方がないことだ。けれど、そんなことを省みず、仕事に邁進してしまう自分は、きっと子どもや家族を傷つけてきたに違いない。

「これからは、できるだけそばにいる」

と生まれたばかりの息子の顔を見ながら、心に誓った。

「よろしく。君のパパだよ」

僕はちゃんと父になれるだろうか？

父の浮気

質問7 母さん。
僕の本当の父さんはどんな人でしたか？

答え7 息子へ。

これは、あなたが一番知りたいことかもしれません。

あなたのお父さんは一九四三年生まれの新潟出身の人でした。おっとりとした優しい人でした。女性にはきっとモテたと思います。あなたが生まれた頃には、アメリカーナ百科事典の営業をしていました。その後、住宅会社の営業などをしていました。とにかく営業マンとして頑張っていました。外見は大人になったあなたにそっくり。もちろん、あなたは私にも似ているけれどね。今では、インテリア内装の仕事をしているそうです。

質問8

母さん。
母さんは彼を愛していましたか？

答え8

息子へ。
もちろん、愛していました。でも、許せませんでした。
ある時、お父さんの上司に呼び出されました。
「会社に毎日、ご主人の女から電話がかかってくる。奥さんは知っているのか？」

と言われたのです。

相手の女性はお父さんより六歳上の、既に結婚して子どももいる人でした。私はその人の家に出向き、手をついて頭を下げました。それは全てあなたと産まれたばかりのあなたの弟のためでした。

「私にとって大事な人です。子どもたちのためにも別れてください」

その人はお母さんと同じように化粧品の営業所をやり、自宅の一室でスナックも経営していました。美しい人でした。お金もきっとあったと思います。私は、まだ二十五歳。あなたと弟を抱えて、生活力もなく、ただ泣くばかりでした。

「奥さんには負けました。別れましょう。でも、申し訳ないけど私はあの人を本気で愛しているんです」

そう言われました。私は、

「あなたのような方に愛していただいて夫は幸せです。でも、子どもや私にとって大切な人です。お願いですから別れてください」
そう言って頭を下げました。
今思い出しても、涙が出てきてしまいます。

質問9

母さん。
父さんとの結婚生活は幸せでしたか？

答え9

息子へ。

あなたが生まれたから幸せでした。あの頃、お父さんはまだ生活力がなくて、仕事を転々としていました。母さんの実家に住んで世話になったりしましたが、おじいちゃんとの反りが合わず私は板挟みになったりもしました。でも、お父さんはしっかりした人でした。母さんや子どもたちを大切には思っていました。私が我慢すれば良かったのです。そうすればあなたたちに辛い思いはさせずに済んだのですから。

本当に、ごめんね。

*

僕にはほとんど実の父親との記憶がない。彼の本名だけは知っているのだが、両親が離婚してから今まで一度も会ったことがない。会おうと思ったこともないのだが、そのきっかけを自ら蹴ったことがある。後悔もしていないし、再び会いたいと思ったこともない。

以前、プロデュースしたドラマの中に、僕と同じ境遇の主人公を置いたことがある。彼が二十五歳になった時、母親と自分の父との悲恋の事情を知り、自ら父親に会いに行くというシーンを作った。主人公に差し出される父親からの名刺には、僕の父親と同じ名前を印刷してみた。それがテレビに大写しになった時、

「もしかしたら父が観ているかもしれない」

と、ほんの少しだけの期待を持った。連絡なんて来るはずもない。二十歳になる時、

僕から彼を拒絶したのだから。そう思って三十年が経った。母についていく。自ら選んだ選択なのだから。

母が離婚した時

質問10

母さん。

その時、僕は三歳でしっかりとした記憶もありません。家の前に停まっている自家用車の上にちょこんと座っている僕が写るモノクロの写真しか見たことがありません。なぜ、離婚したのですか？

答え10

息子へ。

あの頃はそう、一軒家に住んでいて、大学付属の幼稚園に入園したあなたは、毎日家の前まで迎えに来るバスで通園していました。小さくなっていくバスを見送りながら、母さんの方が心配で泣いていたくらいです。幸せな日々はつかの間でした。母さんは父さんの裏切りを許せなかった。本心は別れたくなかったけれど、離婚を決意したのです。

質問11

母さん。

なぜ僕たちを連れて行ってくれたのですか?

それはあなたを苦しめることにはならなかったのですか?

答え11

息子へ。

あなたとあなたの弟の親権を自分に貰うのが離婚の条件でした。子どもさえいれば頑張ることができると思ったのです。

あなたは覚えていないと思うけれど、あなたの赤ちゃんの時の洋服やロンパースは母さんが編み物したり、ミシンで作ったりして着せていたものです。そんなことに母親としての幸せを感じていたのですから、あなたたちを絶対に手放すことは考えられなかったのです。だから、あなたたちに苦しめられたなんてことは一度もありませんでした。

連れてきたあなたたちが一番苦しんだんじゃないかと、今でも思います。

二番目の父〜謎の記憶〜

質問12

母さん。

今でも時々記憶の中に蘇る風景があります。小さなアパートの一階に暮らす僕たち。向かいは大きな家で、犬がよく吠えていました。近くには土色のテニスコートがあり、その向かいには学校があります。

この風景をあなたは覚えていますか？

答え12

息子へ。

それはきっと岡崎の六名《むつな》小学校の近くに住んでいた頃の記憶ですね。アパートの一階の部屋に私とあなたとあなたの弟と、そして、男性と住んでいました。

質問13

母さん。

その時一緒にいた男の人は誰だったのですか?

答え13

息子へ。

その人は、母さんを愛してくれていた人です。あなたたちを連れて、自分のところに来てもいいと言ってくれた人です。最初のお父さんとまだ一緒に暮らしていた頃、うちに出入りしていたミシン会社の営業の人です。バツイチで独身の人でした。その頃から私には好意的でした。お父さんと別れて実家に戻ったけれど、二人を連れて経済力のない私は両親に頼るしかなく、特におばあちゃんは大変だったと思います。おじいちゃんはあなたをとても可愛がってくれていました。

でも、あなたの弟はまだ小さくて、ゴソゴソと狭い部屋で泣くので、食事の時などは何度も外に連れ出してあやしていました。

結局、実家を出ようと決心しました。

質問14

母さん。

その時、母さんはどんな気持ちでその人と暮らしていたのですか？

答え14

息子へ。

その人はとてもいい人でした。けれど、母さんには愛情はありませんでした。

私はとても卑怯だと思いました。でも、あなたたちをとても可愛がってくれるいい人でした。甘えてしまっている自分に気づいた時、自立して仕事を見つけなくてはならないと思いました。そして、また新しい化粧品会社に就職しました。働かなくては食べていけない。そう思ってあなたたちを保育園に預けて仕事を続けました。

＊

母に聞かなければわからなかったこと。それは、僕には四人の父親がいたということだ。三人までは知っていた。いつもうっすらと見える記憶の中の風景は、もう一人の父との日々に見たものだったということに気づかされた時、女としての母のズルさのようなものを垣間見てしまったように思う。しかし、二十代の母にとっては、その選択をしてでも、子どもを抱えながら生きていかなければならなかったのだ。

そして、僕の母との記憶はその後しばらく途絶えることになる。

離ればなれの日々

一九七二年から三年間。母とは、なかなか会えなかった。

僕の生まれた産婦人科からすぐ近くにある祖父母の家は、当時、トイレが汲み取り式で、祖母は土間にあるかまどでご飯を炊いていた。風呂は銭湯に通っていた記憶がある。小学校に上がった頃には裏の庭に風呂場が増設されていたが、夜一人ではなかなか怖くて風呂に入れなかった。母の弟＝僕にとっては叔父さんの部屋に上がる階段の上にはビートルズのポスターが貼ってあって、下からライトを当てたジョン・レノンたち四人の顔が浮かび上がっていて、それも子ども心に「怖い」と感じていた。けれど、祖父母も叔父も明るい人たちで、いつも笑って過ごしていた。

しかし、母が僕と離れて、どんな暮らしをしていたかはわからなかった。

＊

質問15

母さん。

それからしばらく僕とあなたとの思い出は途切れてしまいました。

なぜ僕らは離ればなれになってしまったのですか？

答え15

息子へ。

あなたが小学校に上がる時、実家のおばあちゃんにあなただけを預けました。それはとても、私にとってとても、辛い選択でした。

働く私が連れているよりも、安心だと思ったからです。

質問16

母さん。

気がつけば僕は祖父母の家にいた気がします。

僕を祖父母に預けていた期間はどれくらいで、その時のあなたはどんな気持ちだったのですか?

答え16

息子へ。

小学校一年生から三年生まで岡崎の実家に預かってもらいました。授業参観の日や担任の先生との面談には仕事の都合をつけて私が行っていました。

「父の日」には母さんが化粧品会社で働いている姿を画用紙に大きく描いてくれたのを覚えています。あなたはあなたなりに働く私を親としてちゃんと見てくれているのだと思い、参観日の帰りの坂道を泣きながら歩いていました。

ある時、先生があなたのことを「よく涙を流す子だ」と言いました。「息子さんはお母さんと離れていることがきっと寂しいんだと思う」と。

実家に会いに行くと、帰り際、私の乗る車の後ろでずっと手を振って見送ってくれていましたね。

あなたのことを「おばあちゃんやおじいちゃんに大切にされて幸せだ」と思っていた。でも、私もあなたと一緒にいたかった。

質問17

母さん。
離れている間、あなたは何をしていたのですか？

答え17

息子へ。

化粧品会社のセールス教育の仕事をしていました。男性に甘えることの下手な私は、自分が家計を支える立場になってしまうのですね。あなたの弟をおぶって、自転車に荷物を積んで化粧品のセールス、カツラのセールス、洋服店の店員など色々と仕事を掛け持ちしていました。それでも、あなたのことを忘れたことなんて一度もありませんでした。

質問18

母さん。

あなたにとって働くということ、仕事とはどんなものだったのですか?

答え18

息子へ。

それは、生活のためでした。社会に出て仕事をするということ、成功するということは、たくさんの責任と我慢が必要です。家族との板挟みに苦しんだり、自分が会社の歯車の一つだと思ったりしても、母さんは真面目に取り組んでいました。

化粧品会社の全国研修で大阪に二週間行った時の体験発表では、全国で三位の成績をおさめたりもしました。仕事は好きでした。上司にもセールスレディーの所長さんたちにも、私の社員教育のやり方を喜んで貰いました。仕事には自信を持っていました。

その代わり、あなたたちには寂しい思いをさせてしまいましたね。

私は「母親」というより「父親」のような生き方をしていたのかもしれません。

＊

父親のような生き方をする。母のこの生き方には頭が下がる。実際、現在の僕自身は父親になったが、どれだけ父親として生きていると言えるのか。胸に手を当てると苦しくなる。母親でありながら父親のように生きていたのかもしれないという母にとって、逆に「女としての人生」はより強い願望となって出現していくことになる。女だからといって、結婚して家庭に入り、夫の帰りを待つばかりが幸せとは限らない。シングルマザーとかキャリアウーマンという言葉もまだなかった頃だ。

「入園」

息子が生まれ、男の子の父親になった僕はそれまで以上に仕事に邁進した。

昔から、妻は僕の仕事には文句を言わない。むしろ、良きアドバイスをくれる時もある。「最近テレビでよく見るあの人、気になるわ」「台本読んだけど、ちょっとわかりづらかった」と。

家族の意見を聞いて物作りをする人は少なくない。僕にとっては一番近い視聴者で、違う観点から僕の仕事を見られる人だ。

しかし、テレビ局系列の会社を辞め、独立してからはそのアドバイスも少なくなった。「好きな映画を作りたい」「オリジナルで勝負する」と言って、躍起になっていた最初の三年はあっという間に過ぎた。その後も、仕事に向かう僕を妻と長女は文句一つ言わず許してくれていた。

気がつけば、息子は三歳になっていた。

二〇一二年、春。

母との質問状のやり取りはしばらく途絶えていた。

「着たくないんでしょ？　でもちゃんとしてよ」

「スーツ、着た方がいいよね？」

「そうだね」

普段、仕事では滅多にスーツを着たことがない僕は、長女の小学校の卒業式以来久しぶりにクローゼットからスーツを引っ張り出して悩んでいた。

明日は息子の入園式だ。長女の通った幼稚園に、息子も通うことになる。

「ねぇ。パパやママがいなくなったら、私は一人ぼっちなんだね」

十三歳になった娘がポツリと言った言葉に僕も妻もハッとなった。『きょうだい』が欲しい。そう娘が望んだ一年後、息子が生まれた。確かに一人っ子は寂しいものだろう。もし、僕が子どもの頃一人ぼっちだったとしたらどうなっていただろう？　いろんな寂しさに押し潰されそうになっていたに違いない。

入園式。スーツ姿にビデオカメラ。我ながら『お父さん』しているなと思った僕は、プロ根性丸出しでカメラを回し続けた。いつも家族の思い出はビデオカメラの画面の中で見てきたような気がする。長女の時もそうだった。

園長先生が息子の名前を呼んだ。

「はい！」

と、大きな返事をして立ち上がった息子の姿に涙が溢れた。ファインダーが少し霞んで見えなくなった。これから、彼はいろんな感情を体験していくのだろう。友達の意味。みんなと何かを作り上げることの意味。

これまでの彼との三年間を振り返っていた。僕は父親として息子に大切なことを教えてこられただろうか？　何かを置き去りにしてきてはいないか？　疑問とも後悔とも取れない何かが、僕の中で去来する。

＊

母は？　母はどうだったんだろう？
働きながら僕を育てた母は、何を思いながら生きていたのだろうか？
僕は再び、母への質問状を送ることにした。

一緒に暮らすことになって

質問19

母さん。
僕が小学四年生になる春に僕を迎えに来てくれましたね？
なぜそのタイミングだったのですか？

答え19

息子へ。

刈谷支店に転勤が決まって、ますますあなたとの距離が離れてしまいそうだったからです。それにやはり、家族は一緒にいるべきだと思ったからです。

質問20

母さん。
その時あなたはどんな気持ちだったのですか？

答え20 息子へ。

嬉しかった。でも、不安だった。

*

一九七五年、春。

女一人で二人の息子を育てていく決断をした母は、実家から離れた刈谷市にアパートを借り、化粧品関係の仕事をし始めた。

自分の記憶が正しければ、母と弟と僕で暮らしていたアパートは1DK。共同トイレの共同洗面所。風呂はなかった。そこに母は事務机を置き、化粧品会社の出張所を構えた。僕たちが学校に行っている時は支店に通い、セールスレディーとしても毎日働いていた。しかし、そこへ僕たちの三番目の父親になる男性が現れることになるのだった。

三番目の父と苦労の日々

質問21

母さん。

新しい父さんとの生活を今でも思い出しますか？

答え21

息子へ。

正直、あなたからの質問状が届かなければ思い出さなかった。あの人は同じアパートの二階に住んでいた人で、あなたの弟がとても懐いていました。子ども好きな人だったので母さんもほっとしました。

あなたの小学校の運動会に彼を連れて行きました。その時「あの人ならいいかな」とあなたが言ってくれました。でも、私の考えは甘かったのかもしれません。あなたの友達のお母さんから「僕には悩みがある」とあなたが言っているということを聞かされた時、胸が痛かった。

母さんの人生は間違っていたと今はわかります。

一緒に住むようになって、母さんはあの人の運送業を助けるために仕事仲間のご主人にお金を借りたり、友人たちにも助けてもらったり、再婚をしても常に母さんが働いて一家を支えることは変わらなかったのです。

子どもを二人連れての再婚は、相手に気を遣って頑張るしかなかったのです。

私自身も気が強く、ペコペコできない性格でしたから、母さんが男の役目、あの人が女の役目だったのかもしれませんね。

質問22

母さん。

ある日ヤクザが家にやってきたのを覚えていますか？

何人かの男たちがどやどやと家の中に入ってきて、新しい父さんを連れて行きましたね？

答え22

息子へ。

覚えています。運送業に失敗して、債権者がヤクザに取り立てを頼んだのです。あの時、あなたは掃除機を持って「やめろー!」と言ってヤクザに向かって行きました。母さんは血だらけになって戻って来たあの人に言いました。

「この子がしたことを忘れないで! あなたのためにしたことを忘れないで!」

と。弱い人でした。優しいだけでは生きていけないのだと、強く生きるのが大切なのだと思いました。

質問23

母さん。

なぜあの人との結婚を決めたのですか?

幸せな再婚だったのですか?

答え23

息子へ。

あなたと離ればなれで暮らすことに疲れていたからです。

それはきっと母さんの弱さですね。

あの人は、運送業がダメになり、借金を返すのに病気治療中の岡崎のおじいちゃんの所に上がり込み、実家の建物や土地の権利書を出させてそれを担保に高利貸しから借金までしてしまい、大変だった。母さんはその借金を返すのにも仕事、仕事の毎日でした。良いと思った人でも、許せることと許せないことがあります。実家にもヤクザが乗り込みました。あの人は結局また玄関先まで逃げ出しました。その時、おばあちゃんが叫びました。

「こんな思いを娘にさせるなら、孫や娘を返してちょうだい！」

と。

それでも母さんは、相手が一番弱い立場の時に背を向けることはできませんでした。昼は生命保険や化粧品の営業。夜は焼きそば屋さんでのバイトなど、また仕事を頑張るしかなかったのです。

＊

母と三番目の父が働きに出ている間、僕が弟の夕飯を作って食べさせていた。メニューはもっぱら「日清焼そば」と白いご飯。炭水化物に炭水化物。今思えば、笑ってしまうくらいのことだけれど、当時は親が夜に家にいないことへの不安はとても大きかった。学校で辛いことがあっても、弟の手前、弱音は吐けなかった。寂しさや悲しみがピークになると、時々、部屋の天井の片隅にカメラを付けたような俯瞰映像が僕の頭の中に浮かんだ。離人症のような、現実逃避の瞬間だったのだろう。客観的になることで、辛さを回避しようとしていたのだ。

ある日、弟と二人で夕食を食べていたところに、知らないおじさんたちがやってきた。

「お父さんとお母さんはまだか？」

そう言って家に上がり込んでは、黙って煙草を吸い、テレビを見ながらずっと居座った。弟を先に寝かせて、僕とおじさんたちとの時間が過ぎていく。

「なあ、お兄ちゃん。ローラースルーゴーゴー、ほしいか？」

当時流行っていたスケボーにハンドルが付いたような子どもの乗り物のＣＭが流れるたびに、おじさんは言った。その人たちがヤクザだなんて知らなかった僕は素直に「ほしい！」と叫んでいた。

「じゃあ、おじさんが買ってやるよ」

とヤクザは僕を喜ばせた。子ども心に「いいおじさんだ」と思っていた。

そのおじさんが家に何度かやってきてしばらく経った時、今度はたくさんのおじさんたちが昼間にやってきた。

「お父さん、いるか？」

と聞いた瞬間、奥の寝室の窓を開けて、三番目の父が逃げていくのが見えた。母が、弟を抱きしめて「外を見ちゃダメ！」と僕に叫んだ。窓の外では、映画のような光景が繰り広げられていた。僕の目線からは手持ちカメラのような映像で、そのフレームの中で三番目の父はヤクザに思いっ切り殴られていた。道路の向こうの線路を名鉄電車の赤い車両が通り過ぎていく。

「てめぇ！　金返せ！」

「すみません！　すみません！」

そんな言葉が電車の音の隙間から聞こえてきた。戻ってきた三番目の父は血だらけだった。母に近づこうとしたヤクザに僕は掃除機のパイプをかざして、

「やめろ！」

と叫んでいた。

いま思えば、借金取りを描いた下手なシナリオみたいだ。でも、このことは小学生だった僕が経験した一番の修羅場だった。

転校を繰り返した僕

転校というものが子どもにとってどんな作用をもたらすか？　僕は痛いほどわかっている。できたと思った友達とお別れする。それを繰り返すことになるのは、とても辛いことだ。「幼なじみ」や「親友」という言葉は僕の中にはない。仲良くなったと思ったら、サヨナラ。そんなことを繰り返していたから、大きくなっても付き合い続けられる友達はなかなか作れなかった。

*

質問24　母さん。
僕はなぜあの頃あんなに転校を繰り返していたのですか？

答え24

息子へ。

あの人の転職で信号一つ先に住まいが移り、そのために学区が変わってしまい転校を余儀なくされました。せっかくできた友達と別れたくないあなたの気持ちを考えて、学校の職員室へ先生に頭を下げに行きました。「規則だから」と言われて……涙することもありました。

あなたやあなたの弟のことを思うと辛い日々でした。

質問25

母さん。

あの刈谷での日々は母さんにとってどんなものだったのですか？

答え25

息子へ。

とにかく自分に経済力を付けようと必死でした。

名古屋までエステサロンの面接に行きました。合格の電話連絡が、その頃夫婦で働いていたレストランに来ました。名古屋駅前の住友生命ビルの十一階。その店に責任者として入店することが決まったのです。これで、何かが開けていく。そんな期待を胸に、あなたたちを家に待たせて名古屋まで通う日々を選びました。

質問26

母さん。

弟と僕を二人残して働きに出る気持ちはどんなものでしたか？

答え26

息子へ。

若い頃はあまり苦労とは思わず働きに出ていました。働くことで楽になる。そう信じていました。あなたたちは本当に助け合って私の帰りを待っていてくれましたね。

あなたが中学に入り、卓球部に入部した時に大会の会場で指を骨折した時のことは今でも忘れません。名古屋での会議があり店長の立場上、欠席できずにすぐに帰れなかったのです。家で先生と待っていたあなたの顔を見た時は堪らない気持ちでした。仕事と家庭の両立は大変でした。でも、あなたが家の手伝いをしてくれて、とても助かりました。職場では「長男のおかげで仕事ができるのよ」と、そんな話をいつもしていました。子どもなのに、あなたは責任感の強い子でした。

当時、学童保育というものが始まったばかりの時、あなたの弟を学校終わりにそこへ通わせ、宿題を見てもらったり、おやつもいただいたり、可愛がってもらっていました。そうすれば、あなたも友達と遊んだり、勉強したりできると思ったからです。

質問27

母さん。

あの頃、駅にあなたを迎えに行った時、いつも食べていたピザの味を覚えていますか？

答え27

息子へ。

駅に迎えに来てくれる二人の顔を見ると、仕事の疲れを忘れました。ほっとしました。お腹を空かして待っているあなたたちに、あの頃はまだ新しい食べ物だったピザを食べさせてあげたかったのです。その時のチーズの味。もちろん覚えています。

＊

愛知県刈谷市は名古屋から名鉄電車で一時間弱の所に位置する。母はそこを毎日往復しながら、僕たちを育てていた。「働く女」という意味では少し進んでいる女性だったと思う。

僕と弟は毎日、日が暮れてから刈谷駅まで母を迎えに行った。月に一回、帰り道の途中にある喫茶店で、当時では珍しい食べ物だったピザを食べて帰った。それが楽しみで仕方ない僕たちは、その日を待ち望んでいた。

ある日、予定の時間になっても母が改札から出て来ない日があった。

「ママはどうしたの?」

と弟が僕に何度も聞いてきた。僕はその言葉に不安が募り、ついに弟を叩いてしまった。弟の額がみるみる膨らんで血が滲み始めた。泣いている弟に、

「お母さんには言うなよ。転んだって言うんだ」

と言った。その時、なぜ嘘を吐いてまでも自分を誤魔化そうとしたのか、今でもよくわからない。大人になって、弟にこの話をされてからもずっと考えている謎のような嘘だ。その時、嘘を作り出すことを初めて経験したのだ。カッコいい方向に分析すれば、母に余計な心配をかけたくないと思ったのか。それとも、子ども心に自分を正当化したいと思ったのか。少なくとも、あの時に感じた不安は今でも覚えている。

高校受験と同時の離婚

質問28

母さん。

その時住んでいたアパートからすぐの高校に僕が受かった時、あなたはどんな気持ちでしたか?

答え28

息子へ。

あなたは低学年の頃から、家に母親がいる子どもよりも宿題を忘れることもなく勉強を頑張っていると、先生に褒められていました。

受験も一生懸命だったと思い、褒めてやりたいと思いました。

けど、その時のお母さんには何も言えませんでした。

本当にごめんなさい。

質問29

母さん。

僕の高校進学にはどんな思いがありましたか？

答え29

息子へ。

もちろん、あなたが自分で高校を選び、自分の進む道を決めたことを誇りに思っていました。

質問30

母さん。

その後すぐに離婚しましたね？　原因は何だったのですか？

弟は「世界中で何分かに一組の夫婦が離婚するって聞いたけど、それが僕ん家《ち》になるなんて」と泣いていましたね？

答え30

息子へ。

ごめんなさい。あの時、あの人との愛は冷めていました。

でも、あなたにもあなたの弟にも言い訳はできませんね。

あの人との苦労の中で、生活のため、また借金を返済するためにあなたたちに留守番をさせながら働くことにとても疲れていました。

その時、出会ったのが今のお父さんです。最初のお父さんと別れる時のような辛い気持ちは、三番目のお父さんに対してはなかったのです。今のお父さんと一緒になりたい思いでいっぱいでした。その時、彼にも家庭がありました。でも自分の二人の子どもとは二度と会わないということを条件に離婚してくれました。あなたたち二人をちゃんと守って生きていくという決心で、私との結婚を決めてくれたのです。彼は私の六歳年下でした。

私たちを受け入れてくれた彼もまた、昼も夜も働くことになりました。

＊

「家から校門まで三十秒の高校に通う」という夢は脆くも破れた。十五歳の僕は、さすがに母を恨んだ。なぜ、こんなことになるんだと。自我は目覚めていたし、男と女の問題を少しは理解し始めてもいた。でも、自分の計画が親の都合によって曲げられてしまうことへの憤りは正直あった。それでも、母について行くしかないことは自分でもわかっていた。進学することが決まった高校から二時間離れた豊橋市に僕と弟は母と共に移り住むことになった。

一九八一年の春のことだった。

四番目の父

質問31

母さん。

豊橋に引っ越すことになった時、どんな気持ちでいましたか？

答え31

息子へ。

あの時の私は必死でした。そして夢中でした。きっと冷静な判断ができていなかったと思います。お母さんの中では「これから先、どんなことがあってもこの人と死ぬまで一緒に生きていこう」と思っていました。あなたたちもきっと辛い思いもあったでしょう。お父さんも二人の父親になることに努力してくれたと思います。欠点もあるけれど、家庭は大切にしてくれたと思います。

質問32

母さん。

僕は、家から歩いて三十秒の高校に受かっていたけれど、母さんの離婚で家から二時間かかる高校に通うことになりました。

それをどう思っていましたか?

答え32

息子へ。

申し訳ありませんでした。あなたも成長して物事がよくわかっていただけに私のことを恨んでいたでしょうね。

時々、市電で二十分以上かかる家からあなたを豊橋駅まで送って行き、刈谷まで通っていく後ろ姿を見ては心苦しく、そして、頼もしくも感じていました。

質問33

母さん。

その時出会った人（四番目の父）はあなたにとってどんな人だったのですか？

答え33

息子へ。

お母さんが店長をしていたエステサロンのあるビルの地下に彼が店長をしていたスパゲッティのお店がありました。ランチタイムによくランチを食べに行っているうちに、いつの間にか親しく話をするようになりました。白衣を着ていたお母さんのことを歯科医だと思っていたようです。

十人くらいいた部下のエステティシャンたちにも人気のある人でした。

初めは、特別興味はありませんでしたが、部下たちがサービスしてもらっていたので、お礼を兼ねてお店で食事会などをしたりして親しくなっていきました。

まさか、あなたたちの母親である私が、その人と今で言う不倫に発展するとは考えてもいませんでした。お互いに心の隙間を埋めてくれる人が必要だったのかもしれません。やがて、大切な人になっていきました。

ごめんなさいね。お互いに家庭も子どももありながら、苦しみました。

お互いの夫や妻にもわかってしまい、気持ちを隠すことができませんでした。それぞれの家庭に戻っても、砂を嚙むような日々でした。

やがて、離婚を決意しました。本当に結婚できるとは思っていませんでした。

質問34

母さん。

その時のあなたにとって恋と仕事と子どもたちはどんな比重だったのですか？

答え34

息子へ。

比重は子どもたちが一番でした。

何があっても、私の中では切り離すことができないものでした。

でも、恋というものの比重も高くて、重くて、メチャクチャになるほど苦しみました。仕事も責任のある立場上大切でした。それぞれ自分のことだけではなく、相手の幸せや重い責任についても考えていました。

質問35

母さん。

あなたがエステティックサロンの支店長になった時はどんな気持ちでしたか？

答え35

息子へ。

エステ（永久脱毛、美顔、全身美容など）は、当時始まったばかりのものでした。最初は名古屋の栄町本店に勤務していましたが、院長に信頼され、新店である豊橋支店の開店時に店長を任されることになりました。売上も上がり、成績優秀なプロのエステティシャンとして頑張っていました。カウンセリングルームでカルテを作る時、お客さんから希望や悩みを相談され、色々な人生を見ることもできました。仕事は大好きでした。家で待っているあなたたちのことを考えると辛い時もありました。女でありながら働くキャリアウーマンとしての道を歩くことに生き甲斐もありました。「飛んでる女ですね」と部下たちにも言われていました。

心は飛んでいなかったのに。

生まれ変わったら男に生まれたいとその頃は思っていました。

でも、女で良かった。あなたたちを産むことができて良かった。

でも、こんな母親であなたたちは苦労したでしょうね。

「予兆」

二〇一四年、春。

息子が幼稚園の年長になった。

運動会。お遊戯会。音楽発表会。三年間の間に僕が参加できたのは少しのイベントだけだった。きっともっとたくさん彼の姿を見てあげるべきだったと思う。仕事はむしろ順調で、撮影、準備、撮影を繰り返す日々だった。ある時、仕事中に妻から電話が入った。

「もしもし、仕事中にごめん」

「どうした?」

「幼稚園で倒れたの、あの子」

「え?」

「今から迎えに行く」

「わかった」

「たぶん病院に連れて行くと思うから。後で連絡する」

そう言って妻は不安そうに電話を切った。

息子が倒れた。音楽発表会のピアニカの練習中に白目を剥いて倒れたというのだ。朝、飲ませた風邪薬のせいじゃないかと妻は言った。幼稚園の廊下に繋がる大きなガラス窓に強く頭を打ち付けて倒れたという。

脳神経科のある横浜の大学病院に運ばれたという連絡を受けて、仕事場から車で駆けつけた。ロビーに入ると妻に抱かれながらソファで横になっている息子の姿があった。

「大丈夫か?」

「うん」

と息子が言った。思わず彼を抱きしめた。

「頭を強く打ったから。脳神経科のある救急指定病院がなかなかなくて、ここまで運ばれたの」

「そうか」

息子はぼうっとした顔で僕たちの会話を聞いていた。

彼が救急車で運ばれたのは、これが初めてじゃない。

その夜、僕は仕事相手と次の作品のキャスティングの件で食事をしていた。自分のオフィスの近くの店を予約して乾杯をして少し経った時、同じように妻から電話が入ったのだ。

「すぐに帰って来て！」

息子が自宅で熱を上げ、そのまま痙攣を起こし意識がなくなったというのだ。

「救急車を呼んだから！」

「わかった」

仕事相手の手前、なるべく冷静に電話を切った。

心の中は不安でいっぱいになった。でもやっと目の前の仕事相手とのアポが実現したのだ。

「大丈夫ですか?」

「大丈夫です」

息子の意識がないのだ。大丈夫なわけがない。こんな時に笑いながら酒を飲み、鍋をつついている僕は一体どんな父親なのだ?

それから十分ほど経って、ようやく僕は切り出した。

「息子が救急車で運ばれました。すみません」

この食事会で色々なことが決まるはずだった。十分間我慢したが、無理だった。

「本当にすみません。今から行かなきゃならないんです」

店を飛び出した。渋谷から武蔵小杉の病院までタクシーを飛ばした。走るタクシーの中から妻に電話をした。

「今、向かってる」

「わかった。これから、先生の説明を受けるところ」

「急ぐよ。ごめん」

タクシーの中で僕は、切り出せなかった十分間の自分に対して後悔してもしきれない感情を抱いていた。大学時代の友人を病気で亡くした時も、仕事中に「危篤」の電話が入った。上司に切り出せたのが十分後だった。ギリギリに死に目に会えなかった僕は、その十分を恨んだ。僕は仕事バカだ。仕事バカならまだいい。それが本当の馬鹿になってしまったらどうなってしまうというのだ。

病院に着いたのは、それから四十五分くらい経った頃だ。ロビーに行くと息子が妻の背中で眠っていた。

「熱性痙攣といって、六歳くらいまでは高熱を発すると起きてしまうと思います」と先生は説明してくれた。小児期の痙攣で最も多いもので、発熱時に生じて意識を失ってしまうらしい。日本の小児の七パーセントはこれを経験するそうだ。高熱を発したら薬を入れてそれを防ぐように、と診断された。

待望の長男には色々なことが起きる。これが男の子というものなのか？　これが息子を育てていくということなのか？　長女の時には経験しなかった問題が次々に起きる。仕事に邁進しながら子育てを妻に任せっぱなしだった僕に突きつけられた罰のように。それはきっと、神様がこう言っているのかもしれない。

「あなたの大切な人との時間を、もっと大切にしなさい」

子どもの頃、僕は母との時間をどれくらい共有できていただろうか？　と、ふと頭をよぎった。

＊

パトカーの記憶

質問36

母さん。

高校二年のある日、家にパトカーがやってきて、あなたを逮捕していきました。なぜ、あなたは警察に捕まり、その原因はどんなことだったのですか?

答え36

息子へ。

パトカーだったのか、警察の車両が家の前の川沿いの道に停まっていました。私の記憶では、あなたたちが学校に行ってから、「話が聞きたい」と刑事さんがやってきたと思います。エステサロンの院長がレジのお金が盗難にあったと警察に被害届を出したことで、お金の管理をしていた私と部下たち全員が事情聴取を受けました。

質問37

母さん。

原因となる事件は、なぜ起きたのですか？

答え37

息子へ。

それは全てお母さんのせいです。

当時、レジのお金を管理していた私は、生活のためのお金をレジから借りては戻していました。そのことは今でも反省しています。それが原因で売上金に穴をあけてしまったことがありました。その後、ライバル店である他のエステサロンに私が勤務したことをきっかけに、院長が警察に被害届を出しました。それで、取り調べを受けたのです。あなたのおばあちゃんにも心配をかけて、お金もおばあちゃんに助けてもらい、返済しました。親不孝をしました。目の前のお金に一時的にせよ手を出してしまったのは、お母さんの罪だと思います。その時もまた、お金が必要なことがたくさんありました。でも、人のせいにしても仕方がありません。その時のお母さんにはそれしかなかったのです。申し訳ありませんでした。

質問38

母さん。

あなたが留置所にいた時、どんな生活をしていたのですか？

答え38

息子へ。

ごめんなさい。その時のことはあまり詳しく覚えていません。取り調べを受けて、伝票のチェックや数字の合わせなどを毎日聞かれていました。経理の問題だったので日数がかかっていたと思います。ただただ反省とあなたたちを残してきたことへの不安が募る毎日でした。

お母さんが逮捕されて、お父さんは元の家庭に一時帰っていたのですが、それは正式に離婚をするためでした。そして、あなたたちを「守る」といった約束を果たして、あなたたちを残していた家に戻り、一緒にお母さんを待っていてくれました。院長さんとも話し合いをしてくれました。その時のあなたたちの気持ちを考えると、今でも償うことはできないと思っています。担当の刑事さんが最後に「あなたはこんな所に来る人ではないから、幸せになってください」と送り出してくれました。

質問39

母さん。
その時あなたはどんな気持ちでいましたか？

答え39

息子へ。

今では思い出したくない過去です。子どもたちがどうしているかを、毎日考えていました。

＊

一九八二年、秋。

あの時ほど母の不在が身にしみて感じられたことはなかった。ずっと母との生活を続けてきた僕と弟の目の前には、まだ籍にも入っていない四番目の父親しかいなかったのだ。

2DKの家の僕と弟の部屋には原田知世と薬師丸ひろ子のポスターがでかでかと貼ってあり、机から壁までのスペースギリギリに布団を敷いて六畳間に二人で寝ていた。

ある朝起きたら、母が警察に連れられて行った。四番目の父が僕らに理由を説明してくれた。しかし、「そんなわけない。お母さんがそんなことするわけない」と弟が泣きながら叫んだ。十六歳の僕は「お母さんには絶対に理由があるはずだ」と思って黙って聞いていた。そして、四番目の父がこう言った。

「お母さんが戻ってきたら、俺がお前たちの父親になろうと思う。二人はそれでいいか？」

「それは母さんが望めばいいことだし、僕はどちらだっていい。好きにすればいい。

今は母さんが戻ってくることが先決だ」

　僕は心の中でそう思っていた。

「何があってもお前たちのお母さんを守る」

と、彼は言った。

　弟は彼に懐いていたので「いいよ」と答えた。

　それから二週間後、母は帰宅した。そして、僕たちは新しい家族になった。高校を卒業するまで、僕はその前までの姓を名乗った。苗字が変わることで、それまでの自分がリセットされてしまうような気持ちだったからだ。

　そして、大学に行く時には新しい苗字を名乗ることになるのだった。

受験

質問40

母さん。

僕の大学受験をどう思っていましたか？

答え40

息子へ。

日本大学芸術学部映画学科監督コース。あなたが自分で決めた進路でしたね。正直、経済力のない中であなたの希望を叶えてやることができるか悩みました。

中学生の頃、水野晴郎さんのような映画解説者になりたいと言っていましたね。夏休みにはあなたの弟と二人で朝から晩まで映画館に通い詰めて、山口百恵ちゃんの映画を何回も観て帰ってきましたね。あまりに遅いので、母さんは心配して迎えに行こうと思っていました。

あなたが高校生の頃、映画研究部で愛犬がアップで走ってくる映画、タイトルは思い出せないけれど、そんな八ミリ映画を撮って賞をもらいましたね。名古屋で『未知との遭遇』と一緒に上映されたと、喜んで賞品を持ってきてくれましたね。

あなたの夢。それがしっかりと見えているだけに本当に悩みました。やっぱり映画の世界に自分の気持ちをぶつけていくのだと思い、何とか希望を叶えてやりたいと思いました。不慣れなスナックの仕事に毎日夜中の三時まで働きました。眠るのは朝。お休みは月一回の第三火曜日だけで頑張りました。

それでも、全く辛くなかった。あなたは強い心の子だから夢を叶えてくれると信じて、送り出すことにしました。

上京

質問41
母さん。

僕が東京に行くことが決まった時、どんな気持ちでしたか？

答え41

息子へ。

寂しい時もあると思うけれど、心の中にいつもあなたとの結びつきはあるからと信じて、お互いに頑張って生きていこうと思いました。あなたの自由にさせてやりたい。私のせいで苦労をかけた息子をそばにおいても才能を伸ばすことはできないから。そう思いました。

新幹線の中のあなたをいつまでも追いかけるあなたの弟も、きっとあなたを追って、いつか東京に出て行くんだなと思って見ていました。

質問42

母さん。

僕が上京してしまってどんな気持ちでしたか？

答え42

息子へ。

初めは、毎日気になって仕方ありませんでした。あなたからの手紙が楽しみでした。あなたの弟もきっと寂しかったに違いありません。それでも、お兄ちゃんは苦労するだろうけど必ずやり遂げてくれると信じていました。

*

一九八四年、春。

十八歳の僕にとって、東京はとてつもなく遠く、得体の知れないものだった。その得体の知れないものに憧れ、吸い寄せられるように多くの若者たちが上京して行ったはずだ。僕もその中の一人だった。

発車のベルが豊橋駅のホームに響き渡った。デッキに乗って振り返ったら母と目が合った。

「着いたら、電話しりんよ」

「うん」

「風邪引かんように」

「うん」

「頑張りんよ」

「うん」

「ほんじゃあね。バイバイ」

新幹線のドアが閉まった。動き出す景色に、弟が飛び込んできた。走る新幹線をいつまでも追いかける弟は何かを叫び続けていた。

「ガンバレ！　お兄ちゃん！　ガンバレ！　ガンバレ！　ガンバレ！」

ついにホームが無くなった。弟の姿が小さくなっていく。手を振り続ける弟の姿を窓に顔を付けながら見ていた。そして、見えなくなった。僕は泣いていた。

自分で選んだ道を進むことに不安を抱きながら、母と弟と離れていく自分のこれからを思いながら、不安と希望とが入り混じった感情が僕を包んでいた。

初めて単独でプロデュースしたドラマは、二クールと呼ばれる半年間も続く期間の仕事だった。その主人公が故郷を後にして東京に向かうシーンを作った時、自分の体験をそのまま描いたのを覚えている。電車の窓から主人公の恋人が雪原を、旗を振りながら走る。そして、「ガンバレ！」と叫び続ける。主人公は窓に顔を付けて泣き続ける。そんなシーンだった。

それぞれの出発～段ボール箱の中の優しさ～

僕の大学進学は正直、母にとてつもない苦労をかけることになった。元々は何を考えていたのか、アメリカの南カリフォルニア大学の映画学科を受験しようなどと無謀なことを言っていた僕は、本屋に並ぶ赤本から日本大学芸術学部映画学科を見つけ出し、あっさりそちらに切り替えた。芸術系の大学は年間百万円を超える授業料は当たり前だった。そんな大金を四年間も母に払わせられるはずもないと思った。しかし、どうしても進みたいと思った僕は、新聞奨学生制度で何とかして上京しようとした。それでも、年間授業料の半分しか奨学金は貰えなかった。つまりは、半分は母に頼ることになるのだった。

＊

質問43

母さん。

あの大学は学費ばかり高くて、正直迷惑をかけませんでしたか？

新聞配達をしながら奨学金をもらい、とにかく上京してしまった僕はバイトに明け暮れていました。

答え43

息子へ。

学費は正直大変でしたが、おばあちゃんや親戚のみなさんにも助けてもらいました。あなたも大変だったと思います。お母さんもお父さんとのお店を開店して、慣れない居酒屋を成功させるために必死でした。お父さんは商売上手で料理の腕も良くて、お客さんのウケも良かったです。お母さんはお酒が入るとクセの出るお客さんが苦手でした。お酒を勧められるのも嫌でした。三年くらいは大変でした。けれど、お父さんが守ってくれて、客層も家族連れやあなた世代の娘さんたちが来てくれるようになり、上品な店づくりに成功していきました。

今思うと、お互いに新しい出発のためによく頑張っていましたね。

質問44

母さん。

僕の東京での生活は必死でした。親という存在がいかに自分にとって大きかったのかを身にしみて感じました。僕の選択を親として許せたのはなぜですか？

答え44

息子へ。
あなたを信じていたからです。
夢を実現させてやりたい。男の子だから苦労してでもやり遂げてほしいと思いました。

質問45

母さん。
あの頃、時々送ってくれた段ボールの荷物のことを覚えていますか？
あの中にあった食べ物や母さんからの手紙に励まされました。
一人で生きていくということをあなたは教えてくれていましたね？

答え45

息子へ。
あなたからの手紙も母さんの生活のハリでした。

エステサロンの頃の部下もそろって店に来てくれたりして、働いている母さんの姿を見て「先生、かわいそう」と言ったりする子もいました。でも、母さんは幸せでした。エステ時代とは百八十度違う生活でしたが、かわいそうなんてことはまるでなかった。

あなたのことを思いあなたに宛てた段ボールの中の手紙のことを覚えていてくれてありがとう。食事はちゃんとしているのかな？ 風邪など引いていないかな？ そんなことばかり考えていました。それにも増して、店のきりもりも大変な日々でした。

あなたも頑張っているからと思うと、母さんも頑張れました。

質問46

母さん。

僕が二十歳になる時、一番目の父さんが会いたいと言ってきました。

僕はそれを断りました。母さんはそれを聞いた時、何を思いましたか？

僕は母さんが悲しむということを想像したんだと思います。

なぜ、今さらあの人に会う必要があるのか？　そんな風に思っていました。

答え46

息子へ。

おばあちゃんが私には内緒にしていたことで、後になってそれを知りました。私が一人でいるのならやり直したいと言ってくれたそうです。あなたたちの本当のお父さんはあなたたちを忘れていなかったのだと感じて、本心は嬉しかったです。でも、もっと早く来てほしかったとも思いました。

＊

あの時、なぜ父の申し出を断ったのか。「何を今さら」という気持ちが先行したのだと思う。苦労して僕らを育ててきた母の姿を見てきたのだから、簡単に父には会えないと思ったのだ。会えば母が悲しむのではないか？　と。

「おばあちゃん。そのことは断っておいて。お母さんには内緒にしておいて」

と祖母にお願いした。もしあの時、父に会っていたとしたら、僕は何を思い、何を感じたのだろう？　三歳で生き別れた父子が今さら会ったって、何も感じやしない。二十歳の僕はそう思い込んでいた。でも、きっと父に会っていたら何らかの影響が僕に及ぼされていたかもしれない。

それでも決して後悔はしていない。僕は、母という女性から強い生き方を学んでいたのだから。

母と僕を引き寄せる力

質問47　母さん。

まだ大学生の頃だったでしょうか？　母さんと僕が再び長く離れた頃だったでしょうか、あなたが僕を頼って小田原までやってきたのを覚えていますか？

答え47

息子へ。

あなたの弟が大学一年に進学する四月に、母さんには子宮頸がんが見つかりました。大きな手術を受けて、何とか命が助かりました。

あなたの弟は、大学の入学式に出席するために東京に出発する前日に病院にお別れに来ました。まだ検査の時で手術前だったので、病院の下駄箱の所で見送りました。その時の母さんの気持ちは言葉では言い表せません。必ず、生きて、あなたたちに会えるようにと神様に祈りました。

小田原に行ったのは覚えています。あなたが大学四年の頃でしたね。私の病気を気遣ってあなたから手紙を貰いました。術後のがんの治療のために二週間に一度、両肩に免疫注射を打っていました。注射をした日はお店に立っていても、三十八度以上の熱が出て大変でした。注射の副作用から不眠症になり、精神状態がおかしくなり、お父さんが浮気したとか言ってしまったり、色々なことが不安に思えてしまったりしたのです。お父さんの浮気なんてあるわけもなかったのに。おばあちゃんが岡崎から泊りがけで来てくれていました。

質問48

母さん。
あの時のあなたは正気を失っていましたね？

答え48

息子へ。

そうだったと思います。三年間再発しなければ大丈夫？　五年間再発しなければ大丈夫？　そんなことを医者から言われて、五年間は精神的な戦いが続きました。この気持ちは母さんしかわからないと思います。

質問49

母さん。
あなたをそうさせた理由は何だったのですか？

答え49

息子へ。
いろんな不安を抱えていたのだと思います。
母さんは、「子どもに会いたい。子どもに会いたい」と泣いていたようです。

質問50

母さん。
あの日の御墓参りの帰り道、手をつないで歩いたのを覚えていますか？
そして、帰る頃には普段の母さんに戻っていましたね？

答え50

息子へ。
覚えています。

あなたに会って、御墓参りをして、手を繋いで歩いたんだよね。確か、もう夕方くらいになっていたのかな、水桶を返しに行くまでのほんの数分のこと。車のドアを開けてくれて、座席に座る頃には、気持ちが晴れていたと思います。

あの時、自分を取り戻しました。

質問51

母さん。

あの時のあなたは何と戦い、何から逃げていたのですか?

答え51

息子へ。

がんとの戦いと、開店して二年くらいのお店を守っていこうとするプレッシャーだったように思います。治療は本当に大変でした。

*

病気までもが母を追いつめるなんて思いもしなかった。

僕は東京で必死に生き、母もまた死と隣り合わせの日々を送っていたのかと思うと、時間を巻き戻してまでも、その時の母を助けに行きたい。そう思うのだ。病気になりながらも高い学費を払い続けてくれた母に感謝してもしきれない。僕はなんてわがままで、なんて弱かったのだろうと思う。そして、母の強さと脆さを今になって感じているのだ。ダメな息子だ。

それでもあの時、墓参りの帰りに手を繋いで歩いた記憶はギリギリ僕を肯定できる。映画『東京タワー』のオダギリジョーと樹木希林が、甲州街道の横断歩道を手を繋いで歩くシーンのように、スローモーションで夕日の墓地を歩いた僕たちは、黙っていてもお互いの辛さを、どちらかの辛さを、その手から吸い上げるようにして歩いていたのですね。母さん。あの時の僕にはそれくらいしかできなかった。無意識に繋いだ手を離した時、あなたがあなたに戻ってくれていたのです。母と息子の間にある、誰にもわからない不思議なパワーを僕は感じていたのです。信じていたのです。

払えない学費

質問52

母さん。
僕が大学四年の時、いよいよ学費が払えなくなりそうな時がありましたね？

答え52

息子へ。

あなたが「大学を辞めようか？」と豊橋に帰ってきたのを覚えています。それまで苦労して頑張ってきたのに、「諦めることはできない」と悔しい思いでいっぱいでした。

質問53

母さん。
あの時、僕のことを救ってくれた学生課のKさんのことを覚えていますか？

答え53

息子へ。
Kさんのことは忘れません。あなたが大学を卒業できて今があるのは、色々な人たちのおかげです。その中でもKさんの存在は特に思い出に残っています。一度お会いしてお礼を述べたいと思いました。お手紙のやり取りにも、心から感謝しています。

質問54

母さん。
あの頃、僕には見えなかったお二人の間のやり取りを教えてもらえませんか？

答え54

息子へ。
学生課に電話をして学費の納入を待ってほしいとお願いしました。その時に電話に出て話を聞いてくださったのがＫさんでした。母さんは家の事情を話し、あなたをどうしても卒業させてやりたいという思いをＫさんに伝えました。あなたも苦労してここまで来たのに、今、大学を辞めることはどうしてもかわいそうだから、と泣いて話したのをよく覚えています。その時、Ｋさんは「今日、学費を納入しないと退学になってしまいます。良かったら私が立て替えて入金しておきますので、都合ができたら返済してください」と信じられない言葉をいただきました。あなたの頑張りを知っていて助けてくださったのか、本当に神様のような人でした。

質問55

母さん。

なぜ、僕に卒業を諦めさせなかったのですか？

答え55

息子へ。

あなたが夢を持って一人で東京に出て行き、苦労して頑張ったこと、あなたの才能を信じていたからです。母親として子どもに辛い思いをさせた自分には遠くから見守ってやりたいという気持ちしかありませんでした。

悲しいことや辛いことの中で、人への思いやり、我慢、強い心や優しさはあなたが自然と身につけていったものだったから、あなたの作るものは人を感動させることができるんじゃないかと思っていました。だから、途中で辞めてほしくなかった。

＊

一九八六年。

大学三年の頃、憧れの相米慎二《そうまいしんじ》監督の助監督に採用されるかもしれないというチャンスが舞い込んだ。今でこそ監督になられている当時の助監督さんたちに新宿の飲み屋でお会いした。映画『翔んだカップル』以来、全作品を観ていた僕にとっては夢のような時間だった。しかし、その場で先輩たちは僕にこう言った。

「もしこの作品に就いたら、君は大学を卒業できなくなるぞ」と。

もちろん、頭をよぎったのは母の顔だった。

卒業

質問56

母さん。

僕が大学を卒業できた時どんな気持ちでしたか？

僕はあの時、母さんに感謝すると同時に、もうあなたに頼らずに生きなければならないのだと思いました。

答え56

息子へ。

おめでとう。よく頑張って卒業できたね。そう思いました。同時にたくさんの人たちの応援があって辿り着けたことだという感謝の気持ちを忘れないで、自分の夢のために進んでほしいと心から思いました。

質問57

母さん。

息子が社会に出るということは、あなたにとってどんなことだったのでしょうか?

答え57

息子へ。

あなたの選んだ道は一般の社会の道とは違います。もしかしたら、この先何年も会えない時間が続くかもしれない。そう思うと寂しい気持ちにもなりました。でも、あなたの仕事、あなたの作るものを通して頑張っている姿を見ることもできる。店を守りながら、たくさんのお客さんがあなたの作品のファンになることを私も夢見て、頑張ろうと思いました。それを喜びに変えることが一番でした。

家族がまた離れていくこと

母はいつも僕ら兄弟に向かって「あんたらのどちらかがえらい遠くに行っちゃうらしいじゃんね」と占いの先生から言われたことを教えてくれていた。先に母の元を離れた僕は「それはきっと僕のことで弟が故郷に残るのだろう」と、そう思っていた。しかし、実際はそうではなかったのだ。

母のことが心配だった。できれば弟には故郷に残ってもらいたい。自分勝手な兄はそう思っていた。家族がバラバラになっていくことへの恐怖心が、僕には知らないうちに植え付けられていたように思う。

しかし、母の息子たちへの思いはそれとは反対側にあったのだ。

＊

質問58
母さん。
弟が僕を追うように上京した時、あなたはどんな気持ちだったのですか？

答え58
息子へ。
あなたの弟は必ずあなたを追って上京すると母さんは思っていました。あの子もまた平凡な人生の選択はしないだろうと思っていました。母さんのそばにいても、幸せにはなれないだろうと思っていました。それに、自由に生きることが一番だと、母さんとしては寂しいけれど、男の子だから自分の好きなように生きてほしいと思って見送りました。

質問59

母さん。

僕ら兄弟のうちのどちらかが遠くに行ってしまうと言っていましたよね？

どちらだと思っていましたか？

答え59

息子へ。

あなたの弟だと思っていました。

質問60

母さん。

家族が離れていくことが、僕たちには多すぎた気がします。

あなたはどう思っていましたか？

答え60

息子へ。

本当にそうでした。家族がずっと一緒にいることができたら良かった。本当は、母さんは平凡な人生に憧れていました。あなたたちにも寂しい思いをさせてしまったと思うし、私も辛かった。だけど、強く生きることが、そして母さんの「女でありながら男のような人生の選択」が、自分の生きる道だったのかもしれません。あまり落ち込んだり、自分をなくしたりすることはなく、前向きに生きられたと思います。あなたには弱い自分を見せたくないと思って生きてきた。でも、病気になったり歳を重ねたりして、背筋を伸ばしていられなくなっています。

＊

「弱い自分を見せたくない」

そう思っていた母の生き方は、むしろ波瀾万丈な人生を引き起こしたのかもしれない。しかし、その気持ちが僕らを育てる原動力になっていたのだとしたら、感謝の気持ちしか湧かない。母の平凡な人生と引き換えに僕らが生きてこられたとしたならば、母から生まれた自分が生きていくことの意味を、改めて噛み締めざるを得ないと思うのだ。

僕の就職と弟の渡米

一九八八年、春。

大学を卒業した僕は内定していた大手のCM制作の会社を蹴って、なぜかドラマ制作会社を選び就職した。CMがいいと思った理由は、当時CMは三十五ミリフィルムで制作されていることが多く、フィルムでの制作に憧れていた僕の馬鹿なこだわりだった。しかし、よく考えてみると商品を売り出すための映像には物語を語る要素は少なく、やはり映画を目指そうとディレクターズ・カンパニーという監督集団の会社の助監督になろうとした。しかし、当時の日本映画の斜陽さ加減に尻込みした自分がふと横を見た時、テレビドラマというものが全盛期を迎えようとしていた。マイナーな映画好きの自分にポピュラリティーを植え付けようとした、と言ってしまえばカッコいいが、実際は食っていけなければどうしようもないのだと思い、ドラマの制作会社に就職を決めた。

*

質問61 母さん。
僕が就職した時はどんな気持ちでしたか？

答え61 息子へ。

あなたの社会への第一歩を祝福しました。苦労はするだろうけど、あなたの好きな道での前進を信じていました。

「フレー！　フレー！」という気持ちでした。

質問62

母さん。

僕の仕事についてどう思っていましたか？

答え62

息子へ。

人に夢を与えることができる仕事だと思いました。

母さんも、子どもの頃から父親に連れられて近くにあった映画館に行って、映画をたくさん観ました。時代劇とか、左幸子《ひだりさちこ》さんの「花荻先生」とかを観て、涙が止まりませんでした。思い出しては三日間くらい泣いていた覚えがあります。

あなたも子どもの頃から感受性が強くて、涙もよく出る子でした。優しさと強さを持っている子だから、あなたの作るものにはそんなところが所々に感じられます。

質問63

母さん。

弟が大学を卒業してしばらくして、渡米しましたね?

あなたはどう思っていましたか?

僕はあの時、どこまでも僕たち家族は離ればなれになっていくものなんだと感じていました。でもその反面、それぞれの人生が始まったとも感じました。僕の人生も、弟の人生も、そして、母さんの人生も。

答え63

息子へ。

あなたの弟はグリーンカードが抽選で当たって、アメリカ行きの決心がついたと思います。就職も決まって社会に出たけれどアメリカに行きたいという夢を諦めることができず、十万円そこそこのお金を持ってアメリカに行ってしまいました。あちらで就職して、結婚して、苦労はしたと思うけれど、大変だったと思うけれど、それでよかったのだと思います。渡米の前に一度、豊橋まで会いに来てくれました。帰りは三島の駅まで送って行って、泣いて別れました。

三年後に、お父さんが商店会のクジで当てた旅行券でロサンゼルスに行かせてもらいました。お母さんの初めての海外旅行でした。

離れていても、心の中にはいつも息子たちがいました。それが、家族。でも、それぞれの生きていく人生を歩んでいくのもまた、家族なのだと思います。

結婚式

質問64

母さん。
僕が結婚すると聞いた時、どんな気持ちでしたか？

答え64

息子へ。

本音を言うと、もう結婚するの？　そう思いました。そこから少しの寂しさが押し寄せてくるのを感じました。しかし、その反面、あなたが良きパートナーと巡り逢えて安心しました。これであなたはお嫁さんとの人生を歩んでいくのだと思い、幸せを祈りました。

質問65

母さん。
結婚式でのスピーチのことを覚えていますか？

弟が歌を歌い、僕がおばあちゃんにプレゼントを渡しながら大泣きをして、親族代表挨拶をなぜか母さんがしたんだっけ？

答え65

息子へ。

覚えています。当時、あなたがお世話になっていた会社の社長さんの仲人挨拶が長かったこと、あなたの弟が歌を歌い終わったら泣きながら「おめでとう」と言ったこと、おばあちゃんはとても喜んでいて「もういつ死んでもいい」と言っていました。そのおばあちゃんも九十六歳になります。孫や娘のことをいつも思ってくれています。

お父さんではなく、私に親族の挨拶を頼んだのはあなたでしたね。そこにどんな気持ちがあったのかは、すぐにわかりました。

おばあちゃんになった母

質問66 母さん。
僕に娘が生まれた時どんな気持ちでしたか？

答え66 息子へ。
とても嬉しかった。私もおばあちゃんになったんだ。そう思いました。

質問67 母さん。
母さんが祖母になることって、どんな意味があったのですか？

答え67 息子へ。
あなたが「父親になる」ということなんだと思いました。

質問68

母さん。

僕が親になるということはあなたにとってどんな意味があったのですか？

答え68

息子へ。

あなたに家族が増え、責任も生まれる。守るべき妻や娘がいる。あなたの人生が楽しみで仕方ないと思いました。

あなたにとっての「家族の意味」は、私との間では味わえなかったものにしてほしい、そう思いました。

＊

僕もそう思っていた。「家族の意味」とは何か？　今まで自分が味わってきたものとは違うものを自分の子どもたちには味わってほしいと思った。

しかし、実際には仕事に明け暮れる毎日だった。

映画『そして父になる』の福山雅治のように、僕も父にならなければならない。父になるには父の記憶がほしかったと今さら思っても、それは仕方のないことだ。僕には母がいる。そう思って生きてきた。それだけ母の存在は僕の中で大きなものだったのだと、今、改めて気づかされている自分がいるのだ。

「妻の不在＝母の不在」

二〇一五年、春。

息子が小学生になった。

幼稚園とは違う新しいコミュニティーに身を投じ、荒波に揉まれ始めた。勉強。友達。習い事。今まで経験しなかったことが彼に押し寄せる。しかし、頼もしいくらいに動じず、彼は新生活を過ごしていた。

夏。映画の公開を来月に控えて、そのスピンオフ的なミュージックビデオのプロデュースをしていた。出演者の一人に監督を依頼し、その分、プロデューサーとしての責任も増えていた。準備が進む中の、クランクイン間近だった。

息子が熱を出して、その看病の最中に妻が頭痛を訴え始めた。

「頭が痛いの。でも、いつもの頭痛となんだか違うの」

「どう痛むの？」

「後ろの奥の方。なんだか気持ち悪い」

「風邪がうつったのか？」

「違う気がする」

不安そうに妻は言った。

息子の熱となると、妻にはきっとかなりのストレスがかかるのだろう。咳をしている、少し熱っぽいというだけで、あの痙攣の光景を思い出してしまうのだろう。息子の看病は僕がやり、妻には横になってもらった。

夜。息子の額のタオルを替えながら、高熱にならなければいいなと寝顔を見つめていたら、妻が起き出してきた。

「やっぱり変。病院に行くわ」

「大丈夫か？　この時間だし、明日にすれば？」

「なんだか嫌な予感がするの」

熱の下がらない息子を残してでも、夜間救急に行くというのだ。

「パパはこの子を看ていて」

結局、長女が付き添って、近くの大学病院に行くことになった。

息子の熱も少しずつ引き、それから三時間くらい経った頃、妻が娘と帰ってきた。

「脳の血管に異常があるかもって」

「え？」

「お風呂掃除をしている時に、なんだか違和感があったの」

「どういうこと？」

「なんかね、ピキッとしたっていうか」

「なんだよ、それ」

「今日は痛み止めをもらったから、明日詳しい検査に行くね」

息子がむっくりと起き出して「……ママ」と抱きついた。

翌日、息子が学校に行っている間に妻は検査に出かけた。僕は撮影準備のための打ち合わせに出かけた。

それから一週間後。検査結果を聞きに妻と大学病院に出かけた。頭部のＣＴスキヤンを見せられながら医師の説明を受けた。

「脳動脈解離の可能性があります」

全く聞いたことのないそれは、脳の血管内の内膜に亀裂が生じて血管壁が裂けた状態になる病気で、スポーツの最中に頸部を捻っただけでも起きてしまうものらしい。その裂けた部分に瘤ができると、若くても脳梗塞やくも膜下出血を引き起こす可能性があるというのだ。

「治療についてはいくつかの方法があります。その前にカテーテルで血管の様子を見る必要があります。予約をしてください」

妻の言った「嫌な予感」が当たってしまった。治療法は開頭手術を余儀なくされるものだと説明を受けた。妻がこんなことになるなんて。娘や息子の母が、こんなことになるなんて。予想もしない現実が我が家を襲った。

カテーテルの予約は一週間後だ。ミュージックビデオの撮影も一週間後だ。

その一週間は絶対に無理をさせないようにしなければならなかった。妻は自分のこととなると、その無理を表に出さない。

「ママはね、頭が痛くて安静にしてなくちゃいけないんだ」

「あんせい？」

息子は首をかしげた。

「そう。静かにしてなくちゃならない。だからみんなでママを助けるんだ」

「うん」

息子は頷いて、横になっている自分の母親を見つめた。

カテーテルの結果次第では入院と手術ということになる。長い「母の不在」を息子が耐えられるかが心配だった。それから、なるべく家に早く帰り、なるべく家事を手伝う一週間が続いた。

カテーテル検査の前夜。寝室のベッドで妻が言った。

「ごめんね」

「なんで謝るの」

「ごめんなさい」

彼女は、妻としての自分と母としての自分の不甲斐なさに泣いていた。

「大丈夫。治るんだから」

「……うん」

僕は自分の左側に寝返って、彼女に背を向けた。知らず知らずに涙が溢れてきた。妻であり母である彼女が今、一番の不安に苛まれている。そのことがまるで自分のせいであるかのように感じていた。

「すみません。明日の撮影に立ち会えなくなりました」

ギリギリまで言い出せなかった自分を責めた。信頼の置けるスタッフたちに現場を任せることにした。

翌日、妻は入院した。全身に麻酔をかけ、大腿からカテーテルを頭部までの血管を辿って通すという大変な検査になる。長い時間の検査を終え、妻はそのまま病院のベッドに一泊する。たった一泊でも、息子にとっての母の不在を僕は大きなものと捉えていた。二人で病院を後にして、夕飯を作り、一緒に食べた。泣いたりはしない息子を頼もしく思った。僕の子どもの頃は、母の不在は働きに出ている、ある意味元気な母の不在だった。寂しさはあっても、心配はそんなに大きく付き纏わなかった。その夜は、息子を風呂に入れ「明日は笑ってママを迎えに行こう」と約束して、早めに彼を寝かせた。

『本日の撮影、無事に終わりました』

深夜にLINEにメッセージが入った。スタッフに感謝してもしきれない。

『お疲れ様でした。本当にありがとうございます』

そう返信した。今回ばかりは甘えさせてもらった。家庭のことは妻に甘えっぱなしだったが、仕事となると自分で見届けないと気が済まない僕は、自ずと「父の不在」を選択していたのだ。

翌日、息子の学校が終わると、一緒に妻を迎えに行った。

病院の妻の入院しているフロアに行くと、何事もなかったかのように妻がソファに座って待っていた。

「ごめん、遅くなって」

「大丈夫よ。会計済ませたら、帰れるから」

息子が妻に笑って抱きついていた。

「どうしたの?」

と、妻が僕に聞いてきた。僕は泣いていた。

「やだ。パパ、泣いてるよ」

「ほんとだ」

笑って迎えに行くという息子との約束は、僕の方が破ってしまった。

妻の不在が僕にとってこんなにも大きなものだったのだと、その時感じていた。普段、感じない不安感や緊張感を味わっていたのだろう。プツンと糸が切れたようになってしまったのだ。

「……ごめん。……ごめん」

泣いている僕を見て、妻も泣いていた。息子が僕らを笑って見ていた。

大変なのはこれからだ。カテーテル検査の結果を待って治療に入るのだから。泣いている場合じゃない。

検査結果の日がやってきた。妻と二人で特別診察室のような部屋に通された。カテーテルによる患部の写真を見せられた。僕はドキドキしていた。この結果次第では、色々なことを覚悟しなくてはならない。家庭のこと。仕事のこと。そして、妻の不在を受け入れていく覚悟だ。医師の口が開いた。

「経過を見ましょう」

「え?」

妻も僕も同時に聞き返した。

「急いで手術をする必要はありません」

「ほんとですか?」

二人とも拍子抜けしたように声を揃えて、もう一度聞き返した。

検査結果は、脳動脈の解離している部分の傷の治癒を目指す形で経過を見るということになった。

学校から帰った息子と娘に報告した。一番クールに構えていた娘が泣いていた。

「母の不在」という一番の家族の危機を乗り越えた気がした。

しかし、家族である限り、これからもきっと様々な困難が僕らに訪れるのかもしれない。そう思っていた。

*

変わってしまった弟

質問69
母さん。
弟が一時帰国した時のことを覚えていますか？

答え69
息子へ。
覚えています。
あの子は傷ついて帰って来ました。

質問70
母さん。

なぜあの時、彼はあんなに変わってしまっていたのでしょうか？

あの時、彼の友人から電話がきました。「あなたの弟は躁鬱病だ」と。

僕は電話口で「そんなはずない！」と叫んでいました。

答え70

息子へ。

あなたの弟はアメリカで人間不信に陥っていたようです。離婚をし、仕事も不安定になり、色々なことがありました。

質問71

母さん。

あの時、僕があなたに電話をかけて泣いたのを覚えていますか？

家族を否定されたようで、僕はとても悔しく思ったのだと思います。距離が離れていても、家族への思いは忘れずにいる。もちろん、なぜ弟が変わってしまったのか？という悔しさもあって、大人になって初めて母さんの前で泣いたはずです。

答え71

息子へ。

あなたの弟の件では、あなたにとても大変な思いをさせました。

母さんは自分のところにあの子が帰って来て良かったと思い、ホッとする反面、これから先のあの子の人生を心配しました。

＊

アメリカでの就職先が潰れて、一時的に帰国した弟は、僕の知っている弟ではなかった。躁状態が続き、虚勢を張るようなハイテンションの弟に苛立ちさえ感じていた。なぜ、弟はこうなってしまったのか？　母には直接伝えるのをためらってしまう僕がいた。

弟はいつも兄である僕と自分を比較していたのかもしれない。兄が映像をやるなら、自分は音楽を。音楽がダメなら、自分も映像を。そんなことを繰り返しながらもアメリカでの結婚、離婚、就職難で彼は傷ついてしまったのだろう。「離婚」という彼が最も悲しんだキーワードが彼自身に実際に訪れたのだ。

母は、きっと自らの人生を振り返りながらも、弟の人生を、大人になった息子たちの人生を心配し続けていたのだと思う。


親というものは、どこまで親であり続けるものなのだろうか？

僕の中で芽生えた離婚観

質問72

母さん。

僕が妻から独立を反対された時、一度だけ離婚についての相談をしたのを覚えていますか？

答え72

息子へ。

覚えています。正直に反対しました。

子どもがいて離婚を繰り返した私と、それによって辛い思いをしたあなたのことを考えたら、到底賛成できるものではありませんでした。

質問73

母さん。

あなたは離婚を否定しましたね？

あなたの繰り返してきたことを否定したのはなぜですか？

答え73

息子へ。

あなたには同じことを繰り返してほしくない。ただただ、そう思いました。

「離婚」というもので、「人生の中でこんな体験をしたことで、なぜ息子たちに辛い思いをさせてしまったのか？」とずっと申し訳ない気持ちでいたからに決まっています。

質問74

母さん。

僕の中に芽生えたあの感覚はあなたの「血」だと思いますか？

答え74

息子へ。

いいえ。「血」だとは思いません。

長い人生の間には色々なことがあります。特に、夫婦間では許せることも我慢できることも、後で思えば「どうして？」ということもあります。

あなたがここまで来るのに、大変なこともたくさんあったと思います。

あなたの奥さんも我慢することがたくさんあったはずです。それでも、あなたを支えてきてくれたのだと思います。

*

質問75

母さん。

独立

テレビ局系列の会社からの独立を妻に相談した時、大反対を受けた。しかし、僕としてはどうしてもチャレンジしたいことだった。長女も小学校の高学年になろうとしていた時だった。その時、「離婚」というキーワードが僕の中に浮かんできた。それを母に相談したのだ。

母への相談は、もしかしたら少し意地悪なもののように聞こえたかもしれない。なぜなら、母自身が自分の人生を選択しながら生きてきた中で、彼女が繰り返してきたことを僕が選択しようとしたのは、彼女にとってありえないことだとわかっていたからだ。

僕が三十九歳の時。僕が会社から独立すると聞いて、どう思いましたか？

僕はその時、僕の中にあるあなたを感じました。どこまでも独立心の強いあなたを。それこそがあなたの「血」だったのかもしれません。

答え75

息子へ。

あなたならできると信じていました。今までお世話になってきた人たちのライバルになることは並大抵の覚悟ではないこともわかっていました。母さん自身の独立心は強かったかもしれないけれど、自分の弱いところを自覚しているのでやれていたのかもしれません。

独立して十年が過ぎたけれど、続けられているのは素晴らしいと思います。強さだけでは続かないものです。自分の弱さを知っていればこそ、続けられるものなのかもしれません。

初めての親孝行

質問76

母さん。
あなたたち夫婦が新しい店を開いた時のことを覚えていますか？

答え76

息子へ。
覚えています。辛い結果になってしまいました。

質問77

母さん。
元々の店からの移転にはどんな理由があったのですか？

答え77

息子へ。
店の大家さんとの問題や駐車場をめぐるイザコザなどもあり、お父さんの店の方向性を変えるという考えがあったからです。私もお父さんも歳を取ってきて、夜ベースのお店では辛くなってきたこともあったのです。

質問78

母さん。

息子から借金をするということについてどう思っていましたか？

僕は初めての親孝行をできることに疑問も何も抱いていなかった。

ただ、不動産屋への少しの疑念はあったのだけれど。

答え78

息子へ。

今思えば、考えが甘かったと思います。

銀行や国庫金からの融資も難しく、あなたに借金を申し込んだことは間違っていました。とても後悔しました。

質問79

母さん。

あの不動産屋は確実に僕らを騙していましたよね？

答え79

息子へ。
あなたの言う通りです。私たちはあの不動産屋に騙されていたのです。

＊

父と母が長年やってきた居酒屋を閉店して、元々洋食のコックだった父の夢である洋食店を開きたいと、独立して少しした時に僕に相談があった。ファミレスばりの広さの店内と大きな駐車場。本来なら借りることのできない物件だった。そこに落とし穴もあったのだ。

ドラマや映画に出てくる「いかにも」な不動産屋だったのを覚えている。契約のテーブルについた時に、すでに感じたことだった。嫌な予感はそのあと的中した。その契約内容は、母たちにとってとても不利なものだった。人生というのは皮肉なものだ。夢を追いかけすぎて、自分の人生が狂っていってしまう。しかし、人生においての「幸せ」というものは少なからず誰にでも訪れる瞬間だと僕は信じたかった。それが僕の初めての親孝行になればいい。そう思っていた。

一千万円という親子間の借金

質問80　母さん。
あの大きなお店を二人で回すのは大変だったのではないですか？

答え80　息子へ。
二人では大変でした。居酒屋から洋食屋への転向を夢見たお父さんを喜ばせたかった。最初はそんな思いであの店を借りました。夫婦二人で回すには難しい大きさの店でした。パートさんもコックさんも雇わないといけなくなりました。

でも、人材に恵まれず、結局苦労することになってしまいました。

質問81

母さん。

なぜ父さんの夢に乗ったのですか?

答え81

息子へ。

本当はもっと小さい店にすべきだったとは思っていました。また私の独立心や夢見がちな所が引き起こしたことだったのかもしれません。けれど、お父さんと私で新しい夢を持てた、そのことを実現させたいと思ったのです。

質問82

母さん。

お父さんが料理をできなくなった時、どう思いましたか？

そしてそれは何が原因だったのですか？

答え82

息子へ。

開店してすぐ、お父さんが運転していた車にトラックが追突してきました。その事故が原因で、左腕や足に障害が残ってしまいました。前のようにフライパンを動かせなくなり、調理師としての技術を使えなくなってしまったのです。技術の差があり、雇っていたコックさんもお父さんを助けることもできず、私たちも悔しい思いをしました。

その結果、自分の人生を寸断されたような思いに囚われたお父さんは鬱病にかかり、何度か首を吊って死のうとしたこともありました。結局、動かない体と鬱病の悪化で閉店せざるを得ない結果になりました。

私にとってはこの時が自分の人生で一番辛い時期だと思っていました。

お父さんが動けなくなり、また私が働くことになりました。また、交通事故の賠償金を受けなければ借金が返せないと知った私は、名古屋の弁護士さんの所に三年間も通い続けました。

質問83

母さん。
お父さんはあの店を僕への借金だと思っていたのですか？

答え83

息子へ。
思っていました。
そして、今でもあのお金のことはとても気にしていると思います。

＊

この時、母にはとことん男運がないのかもしれないと思った。それでも人を愛する母に逆の意味ですごさを感じていた。しかし、そのことで僕自身にも影響が出てしまったのだ。結局、そのお金は僕が僕の会社から借金をする形になった。
しばらく実家と距離をおくことになった。これは今の父に対しての僕からの戒めだったかもしれない。母を「幸せにする」という男の約束はどこへ行ってしまったのだ？　そう思っていたのかもしれない。

会えない二年間

質問84 母さん。
店が閉店してしまった時、どんな思いでしたか？

答え84 息子へ。
鬱病になってしまったお父さんは、何度か首を吊りそうになって、その度に大変な思いをしました。環境を変えることが一番だと言われ、私もこれ以上は無理だと思い、店を閉めることにしました。

不動産関係の話し合い、出入りの業者さんとの話し合い、お店のリフォームの建築家さんとの支払いの相談など、現実には返済金が一千万円では足りなくて大変でした。

あなたもあなたの弟もそばにいなくて、あの時は、あなたたちの後輩のI君のおかげで助かりました。それに、十代の頃からの親友が岡崎から飛んできてくれて店の後片付けを手伝ってくれて、精神的な支えになってくれました。

「息子たちにこれ以上迷惑をかけたくない」

と思い、母さんは一生懸命でした。その頃一緒に暮らしていた愛犬のベティも心の支えでした。

あの頃は、本当に辛かった。

最後に店に残った細かい荷物を車に積んで二十三号線を一人で運転して

家に帰る時は涙が止まりませんでした。

質問85

母さん。
それから二年間くらい僕らは会わなかったのを覚えていますか?
その間、あなたはどんな気持ちでいましたか?

答え85

息子へ。

あなたに会えないことよりも、あなたに迷惑をかけてしまったことへの後悔でいっぱいでした。交通事故さえなければと何度も思いました。事故を起こした相手は飲酒運転でした。赤信号で停車していた私たちの車に突っ込んで来たのですから、百パーセント先方が悪かったのです。思い出しても怒りしか湧いてこない。悪夢のような事故です。お父さんの体には障害が残り、二級の身体障害者になってしまいました。左の手、指、足の神経などにも麻痺が残り、完治はしないという医者の診断でした。

弁護士さんに頼んで裁判を開きました。実際には判決が下るまで三年もかかりました。その間、お父さんは閉店後三ヶ月でトヨタ系列の警備会社に就職して、何とか自分たちの生活を取り戻しました。五年後には優秀社員として表彰されました。その時はとても嬉しかった。

考えてみたら、母さんの人生には辛かったことがたくさんありました。その分、あなたやあなたの弟に辛い思いをさせてしまったと思います。

第二子誕生

質問86

母さん。

もう一人の孫が、一人目の十四年後に生まれた時はどんな気持ちでしたか？

その時、僕は息子という存在に少し戸惑いました。

男親との記憶がほとんどない僕は、これから息子とどう向き合っていけばいいのか？　と正直思いました。

答え86

息子へ。

正確には私には四人の孫がいます。あなたの所に二人。あなたの弟の所に二人。十四年後に新しい孫が生まれて「あなたの家庭は幸せなんだな」と思ってとても嬉しかった。あなたの幼い頃にそっくりで本当に可愛い子です。その子との向き合い方に戸惑うことなど必要ありません。あなたの血を引いたあなたの息子なのですから。

父親との記憶がないことは私の立場では申し訳なく思うけれど、あなたはあなたの息子の父親なのです。まっすぐに、あまり考え過ぎずに自然でいればいいと思います。

昔のアルバムが出てきました。あなたの幼い頃、母さんの若い頃の姿が写っていました。おじいちゃん、おばあちゃん、あなたたちの孫もこんなに立派に育ちました。写真を見ながら、そう思っていました。

今度ゆっくりとあなたにも見せたいです。

再会

二〇一一年三月十一日。あの悪夢のような東日本大震災が起きた。

その十二時間前に映画のロケで地震のシーンを撮影したばかりだった。予言のような撮影から十二時間後、次の仕事である舞台の稽古場で被災した。稽古場の外に飛び出すと、隣の建設途中のビルがこちらに倒れてくるのではないか？　と思えるほどグニャリとしていたのを覚えている。

それからしばらくは、仕事にならなかった。
当時二歳の息子と高校生になった娘と妻を連れて、しばらく僕の実家に帰ることにした。久しぶりの再会。そこで、事件が起きた。

＊

質問87 母さん。
震災が起きて二歳の息子を連れて、二年ぶりに家族であなたに会いに行ったのを覚えていますか？

答え87 息子へ。
覚えています。
辛い思い出です。久しぶりにあなたたち家族に会えたというのに。

お父さんと私の間では封印したい思い出です。

質問88

母さん。

その時、あの悪夢のような事件が起きましたね。

あなたと一緒にいた僕の息子が、隣の家の犬に襲われた時のことを覚えていますか？

顔を傷つけられ、左半分が大きく腫れ上がり、彼の顔はそれまでの彼ではないほどでした。僕は一晩中彼を抱きしめながら泣いて誓いました。

「一生僕がこの子を守るんだ」

ということを。

答え88

息子へ。

あの時、二歳のあの子のことを守ってやれなかった母さんをきっとあなたたちは恨んでいるでしょうね。今思えば、あの子の傷が大きくは残らないで、今ではあの記憶もほとんどない様子で少しホッとしました。あの時の飼い主も色々あって、引っ越しを決断したようです。まさかという瞬間でした。隣の家からあの凶暴な犬が柵を超える勢いであの子に向かってくるなんて。あの犬にはベティも襲われました。それ以来、家から出たのを見ていなかったのです。油断をしていました。本当にごめんなさい。私も忘れたくても忘れられないことです。

質問89

母さん。

あの時、母さんはどんな気持ちだったのですか？

僕はあの時、誰を恨めばいいのかわかりませんでした。でも決して母さんを恨みたくはないと思っていました。

答え89

息子へ。

いいえ。やっぱりあなたは恨んでいたと思います。

今まで、あなたやあなたの弟は、きっと私を恨んでいたと思います。

それでも母さんは、どんな時も子どものことを忘れたことはなかったと思っています。気持ちと行動は自由にならないもの。あなたも恨んでいいのですよ。

恨まれても仕方のない母ですからね。

「発病」

二〇一六年。

息子が小学校二年生になった。

その夏、独立してから最大規模の大作の撮影に入っていた。関西、関東、東海とロケ場所を転々としながらの撮影で、二ヶ月近く家を空けることになる。息子が熱性痙攣で倒れてから撮影で家を空けるたびに心配になる。

「何かあったら、すぐに連絡して」

「わかってる。大丈夫よ」

妻とそんな会話をしながら長期の撮影に旅立った。時代劇でありながら、危険な撮影も伴うアクション作品でもある。現場で何かあってはいけないと、いつもより緊張感が漂う状況も相まって、僕は現場に張り付くことになった。六月下旬から八月下旬まで。息子との夏休みの思い出は、きっと今年は難しいかもしれない、そう思いながら日々の撮影を見届ける。

『元気かい？』

『元気よ』

『あいつの様子は？』

時々、元気な息子の写真がLINEで送られてくる。

『琵琶湖。でっかい』

僕も写真を送り返す。

『綺麗』

妻からの返信。

『ピアノがなかなかうまく弾けなくて』

息子の写真。半べそ。

そんなことを繰り返していた八月の中旬。もう少しでクランクアップだという頃だった。

「今日、ピアノ教室の帰りにものすごく泣いたの」

「どうして?」

「悔しかったのかな、お友達よりも上手く弾けなくて。それから……」

「それから?」

「家に帰ってから、私にずっとぴったりとくっついて来るの」

「なんだそりゃ。甘えてんのか?」

「でも、なんだか様子が変で」

「変?」

「暗いところを怖がったりするの」

「そりゃそうだろ、まだ子どもだし」

「そうだけど」

「明日一度帰れそうだから。そろそろ寝るよ」

「わかった」

何も気にせずに翌日は撮影に出かけた。関東ロケのブロックに入っていた頃だったのでロケ先からその日の夜には息子の様子を見に自宅に帰ることにした。そして、また翌日は北関東まで車を飛ばすことになる。

ロケ先から帰ると、息子はすでに眠っていた。眠っている彼の様子はいつもと変わらなかった。しかし、妻は心配そうにこう言った。

「病気なんじゃないかな」

「病気?」

「少し調べたの。この年頃の男の子がなりやすいって」

妻が言うには、脳の発育障害から来る病気らしく、自分自身で自分の言動を制御できなくなる症状や、それに伴う強迫性障害も現れるという。

「そんな馬鹿な」

「眠っている時はなんでもないの」

僕は眠っている彼の顔をじっと見つめた。

「夏休みだから学校もなくて、ずっと家の中にいがちだったの。ピアノが弾けないことを私が責めたからかしら」

「そんなことで？」

「優しい子がなりやすいって。繊細で、優しい子が」

妻は悲しげにそう言った。

僕は、じっと息子の寝顔を見続けた。確かに、彼は優しい子だ。自分のことより、人のこと。自分がしたことで、誰かを傷つけてしまわないか？　そんなことばかりを考えている小学校二年生の男の子だ。八歳にしては大人びている。子どもらしいというよりも落ち着いているほうだ。

「思い当たる専門のお医者さんに予約を入れたわ。でも十月よ」

「大丈夫だ。しばらく様子を見よう。クランクアップしたら、温泉でも行こう」

そう言って、翌日また撮影に出かけた。東北道を運転しながら、ずっと息子のことを考えていた。温泉に行ったとしても、妻の言っていた病気だとしたら治るはずもない。小さな頃から予兆のようにあった彼の様子にも繋がっている可能性もある。夏休み、彼と過ごしていれば、こんなことにならなかったのかもしれない。後悔の気持ちと仕事に向き合う自分を責める気持ちとが交錯していた。

僕の尊敬するイギリスの映画監督、リチャード・カーティスは作品を三本発表したところで監督業からの引退を決めた。理由はこうだ。

「監督業をしていると家族との時間を奪われる。だからもう監督はしないんだ」

本業はプロデューサーながら、僕自身も近い感覚を味わったことがある。物作りとはいえ、家族との時間を奪われてまでも、いつまでもできるものじゃない。しかし、僕自身がこの仕事を辞められるわけもない。会社を持ち、社員たちを守り、作品への責任を取り、そして、家族を守っていく。息子が生まれた時、心に誓った言葉が蘇った。

「これからは、できるだけそばにいる」

僕は父親として、どれだけ彼のそばにいられたんだろう?

父としての僕

質問90

母さん。

父親との思い出のない僕という「父親」をどう思いますか？

答え90

息子へ。

辛い質問ですね。子どもは親の背中を見て育つと言われます。生きることに一生懸命なあなたを、息子は自慢のお父さんだと思っていると思います。けれど、遠くから見ていることも大切な時もあります。あまり親が過保護でも、自立できない子どもになってしまいます。お父さんとの思い出はなくても、あなたが良い思い出をあの子と作り出していけばいいんだと思います。

きっとあなたは、もうそのことに気づいているでしょう？

質問91

母さん。
僕にとっての親とは母さんだけだと思っています。あなたはどう思っていますか？

答え91

息子へ。
でもやっぱり、あなたは寂しかったのですね。

母さんが出会って再婚して離婚して再婚して……それは、その時のあなたの人生のパートナーなのだと。僕にとっての父親ではなく、あなたにとっての大切な人なのだと思っていました。そのことが、これからの僕にとって、つまり、親として息子や娘に向き合っていく手探りの自分というものを作り上げたのかもしれないと思う時、決してあなたを恨むこともなく、その機会をくれたことに感謝しながら親として生きていくのだと、そのことすらもあなたはあなたの人生で僕に教えてくれたのだと、そう思うのです。

母さんはあなたが貧乏であろうとお金持ちであろうと、変わりなく一生懸命生きていてくれて、とても有り難いと思います。そのおかげで、私も今、生きていられます。

親と子は必ず何があっても心の中で繋がっていると母さんは信じています。

決して感謝されるような母ではないけれど、子どもが成長して家族を持って、自分を追い越して社会で頑張っている姿を見ることが私は嬉しいです。

世の中の親は全員そうだと思います。

質問92

母さん。

僕が今、僕の本当の父親に会いたいと言ったらどうしますか？

答え92

息子へ。

会いたかったら、会っておいで。反対はしません。あなたの本当のお父さんが幸せな生活をしていたらいいですね。あなたも五十歳になる立派な父親です。人生の中で思い残すことのないように結論を出すべきだと思います。

私は大丈夫です。

母の危篤

その日は、とあるドラマの撮影最終日だった。

六本木のロケセットの外でキャストの到着を待っていた僕の携帯電話に弟から着信があった。

「もしもし、お兄ちゃん」

「おお、どうした？」

「お母さんが倒れた」

「え？」

「お母さんが脳梗塞で倒れたじゃん」

ちょうど帰国していた弟と実家の父が病院に運んだらしい。

「お兄ちゃん。帰って来れるかん？」

冷静を保った僕はこう答えていた。

「今日、ドラマの最終ロケなんだわ。最後まで撮影に立ち会わんといかん」

と。本当はすぐにでも飛んで帰りたかった。しかし、

『本番中は親の死に目にも会えない』

この業界の諸先輩の言葉だ。母が言ったように一般の道とは違う仕事を選んだのだ。会いたい人と会えない時間が続くのがこの仕事だと理解はしてきた。でも、母のことが心配で仕方なかった。この後、横浜に移動して、ワンシーン撮り終えれば

クランクアップだ。新横浜から新幹線に飛び乗れば一時間と少しで豊橋に着ける。

心の中で母のことを祈りながらロケバスに乗った。途中、弟からメールが入った。

『薬を入れました。お母さんは眠ってます。点滴には二十四時間かかります』

誰かにこのことを話さないと心が保てないと思った僕は、ツイッターに呟いた。

『母が倒れた。でもクランクアップは見届ける』

それに気づいたスタッフが、横浜の現場で僕に話しかけてくれた。

「いいんですか？　早く行ってあげなくて」

「大丈夫。うちのオカンは大丈夫な人だから」

何を思ってそう言ったのか、自分でもよくわからなかった。

でも、確信していた。母は、大丈夫だと。

＊

質問93

母さん。

あなたが脳梗塞で倒れた時のことを教えてください。

答え93

息子へ。

あの年のゴールデンウィークの最後の祭日にあなたの弟一家が三人で遊びに来てくれました。仕事もまだしていたのでストレスと疲れで身体は疲労していました。朝五時頃にシャワーを浴びてお風呂場から出ると、急に右半身が麻痺して身体の自由を奪われました。言葉もまともに喋れなくなっていました。

気づいたお父さんが救急車を呼んでくれて、病院に行きました。運ばれた先の病院のベッドで、麻痺した身体でお父さんやあなたの弟に無意識に、

「ごめんね、ごめんね」

と謝っていたのを覚えています。知らず知らずに涙が溢れていました。

母さんが病気になるということは、家族に大変な負担をかけることになるのだと、その時思いました。

お父さんの決断で、まだ日の浅い新薬の投与を受けました。梗塞を起こした血管の他にどこかに一つでも老化している血管があったら投与しても破裂して助からない。その代わり、出血がなければ「魔法の薬」として効くというものでした。二十四時間後、目を覚ましたら普通に言葉が出ました。その時、あなたの顔がそこに見えました。

質問94

母さん。

撮影ですぐに飛んでいけなかった僕をどう思っていましたか?

答え94

息子へ。

仕事の忙しいあなたに、お父さんもあなたの弟もあなたに連絡することを躊躇したかもしれない。けれど、薬を投与して血管が破裂して出血したら命の保証はないと言われてあなたに連絡したそうです。来てくれて嬉しかった。あなたのことをどう思ったかなんて質問はおかしいです。家族全員があなたの仕事や夢を応援したり、成功を祈ったりして生きてきたと私は思います。

あなたはそれをどう受け止めていたのかしら？

質問95

母さん。

あの時、家族が久しぶりに集まりましたね？

あの日、僕らの繋がりみたいなものを感じました。

きっとあなたが僕らを集めたのですね？

答え95

息子へ。

あの時、寝ていても覚えていたこと。病院の人が高額医療の話をあなたに説明したことです。長男の面会と聞いて説明したのかもしれません。

母さんは、あなたも大変なのにまたお金の話をしないといけないと思うと辛い気持ちでした。世の中、お金が全てではないけれど、お金がないと困ることばかりで悔しい思いをしますね。いつもあなたを頼ってしまって申し訳ありません。けれど、リハビリも順調に行き、思ったより早く退院できました。「奇跡の回復力」と病院の先生たちも驚いていたほどです。

あの時のことは、今でこそこうして話せるけれど、薬だけじゃなくてお父さんとあなたたち家族が起こしてくれた「奇跡」だと母さんは思っています。おかげでもう麻痺もなく、生活できています。

本当にありがとう。

*

クランクアップの翌日。朝一番の新幹線で豊橋の病院に向かった。

薬は順調に投与されていることを知りつつも、新幹線の中でも僕は祈り続けた。一緒に付いてきてくれた妻や娘や息子も、祈るように黙っていた。豊橋に着き新幹線を降りてからホームを走り、階段を駆け上がり、改札を抜けて、タクシーに飛び乗った。市民病院に着いて、母の集中治療室に向かった。集中治療室の待合室には父親と弟の家族が待っていた。

「お兄ちゃん」

「お母さんは？」

「……うん。さっき目を覚ました」

「……そっか。……良かった」

集中治療室には大人しか入れないと、弟が言った。

「パパから行ってあげて」

妻がそう言った。娘と息子が僕の顔をじっと見ていた。

深呼吸をして治療室のドアを開けて入っていった。

ドラマや映画で見るような、集中治療用のベッドに点滴を受ける母の姿を見つけた。

「……お母さん。ごめん、遅くなって」

僕は母の手を握った。

「来てくれたのかん。ごめんね、ごめんね」

「なんで謝るだん」

「ごめんね、心配かけちゃって」

脳梗塞になった人とは思えないほど、母ははっきりと喋っていた。

「目が覚めたら、あんたがおった」

と、笑って言った。

「お母さん、ちゃんと喋っとるじゃん」

「全然大丈夫だて。あんたが来てくれたもんで、お母さん大丈夫だて」

こんな時まで息子に心配をかけまいとする母の手を握りながら、僕は泣いてしまった。

「泣かんでもいいて。ごめんね。ありがとね、ありがとね」

母も泣いていた。

僕の涙は堪えても堪えても、止まらなかった。

僕があまりにも泣いていたからだろうか？　母が笑ってこう言った。

「あんたいつまで泣いとるだん。お母さんは不死身じゃん。あんたのお母さんだもんで」

「……うん。……うん」

「……心配、かけたね」

僕は母の手を強く握りしめた。久しぶりに握った母の手は少しだけ皺が増えていたように思えた。

「家族の意味」

「私が母親として至らなかったということなの？　でも、どうしたらいいかわからない」

そう言って、妻は泣いた。

二〇一六年、十月。

息子に対しての医者の診断は僕たちが事前に調べたものとほぼ変わらなかった。昔は母親の育て方に原因があると言われていたその病気は、症状が一年以上続けば一万人に数人の難病とされるらしい。しかし、今では医学的に原因を究明しつつあるものだ。でも妻は、自分の育て方に問題があったのではないかと、自分を責めてしまっていた。

「そんなことない。それとこれとは関係ないよ」

僕はすかさずそう言った。そう言っておきながら、僕自身はどうだったのだろう？　待望の長男と僕はどう接してきたのか？　彼をどう育ててこられたというのだ？

そんな自問自答を繰り返しながら、いまだにしっかりとした父親になりきれていない自分を実感していた。長女の時は、妻に甘えっぱなしで仕事に没頭し、気づけば彼女は間も無く大学を卒業する。中学受験の時、一校目の試験にパスできなくて泣いている彼女に僕はこう言った。

「悔しいか？　悔しいなら次は絶対に頑張れ。そのためにはどうするんだ？」

ダイニングテーブルの上の夕食を前に俯いていた彼女は、そのまま自分の部屋に行きしばらく出て来なかった。それからずっと試験勉強を頑張った。次が第一志望の学校だということを知っていた僕はあえて厳しいことを言ったのだ。

合格発表の日。僕は会社の会議室で長い脚本打ち合わせをしていた。テーブルの携帯電話が鳴った。

「もしもし」

娘だった。

「……受かった。受かったよ」

「そうか。よく頑張ったな」

「お仕事中にごめんね。パパもお仕事頑張って」

そう言って、娘は電話を切った。会議中なのに涙がこみ上げた。

僕が娘にしてあげられた父親らしいエピソードはこんな程度のものだ。


「仕事中にごめんね」

「お仕事頑張って」

「仕事中だと思ったから」


そんな言葉に甘えてきた僕は息子の病気にも結局しっかりとは向き合えていないのかもしれない。妻が泣きながら言った言葉を否定するしかできないのだ。彼の病気は時間をかけて治していくしかないという。その「時間」をいかに過ごしていくかが大切になるということくらいは、僕にもわかる。いや、そんなことはずっとわかっていたのかもしれない。そう言った意味では「仕事人間」の僕と、「父親」である僕はどこか別の人格で切り離されていたのかもしれない。夢と現実。仕事と家庭。それらの狭間で、僕は都合のいい自分をそれぞれに作り出していただけなのかもしれない。

五十歳になった僕と妻は、最近よくこんな会話をする。

「これからの仕事の仕方を考えてもいいのかもよ」

「そうだね」

「休みを取ることも大切」

「そうだね」

そうだねと言いながら、僕は夢想する。南の島のビーチで、朝から夕方まで息子と遊び続ける。砂の城を作り、息子を砂風呂状態に埋める。「そろそろ泳ごう」と波を怖がる彼を「大丈夫だ」と言って浮き輪と一緒に海に連れ出す。どこまでも続く水平線を一緒に眺めながら、「怖くない。パパが一緒だ」とカッコいいことを言ってみせる。息子が僕に抱きついてけらけらと笑う。僕も笑う。「あんまり遠くに行かないでよぉ」と妻が岸から声をかける。手を振って僕らは笑い続ける。しかし、それはほんのワンシーンに過ぎない。全てが全て、幸せで笑い続けていられるものでもない。

何かの目標を持って、何かに挫けそうになって、それでも頑張って、ものすごい絶望に苛まれても、立ち上がり、次に向かって走り出し、いくつもの困難を乗り越えて、クライマックスに到達する。これが映画の主人公だとしたら、きっと家族というものも一本の映画のように様々なシーンの連続でクライマックスに到達するのだろう。僕は映画の中でいくつもの人生を描きながらも、自分の家族というものの実像をしっかりと描けていなかったのかもしれない。

「あなたにとって家族とは?」

そう聞かれたとしたら、今でもしっかりとは答えられないだろう。でも、一緒に生きていく上で、何が起きるかわからない。それが家族だ。それでも、それらに立ち向かっていくことができるのも家族だ。そして、それを引っ張っていくのは父である僕なのだ。答えはものすごくシンプルだ。父がいて、母がいて、子どもたちがいる。それが家族。時にそれが、父か母のどちらかだとしても、恐れることはない。親がいて子どもがいる。それが家族であることに変わりはない。もし、父も母もいなくなったとしても、自分たちが父や母になればいい。シーンは生まれ、クライマックスまで行けるはずだ。

そして、「家族」は続いていく。

五十歳の僕。七十歳の母。

質問96

母さん。

先日、五十歳になりました。

息子が半世紀生きたことについてどんな気持ちですか？

答え96

息子へ。
よく頑張ってきました。自分の夢を成功させて、家族を守って、会社も持続させていくのは大変だと思います。けれどそれが全てあなただけの力ではなく、あなたの奥さんや家族の支えがあってできたこと、周りのみなさんの助けがあって成り立っているということを決して忘れないでください。

質問97

母さん。
つまりあなたは七十歳になりましたね。
どんな気持ちですか？

答え97

息子へ。

ずっと若い気でいたけれど、こんな母さんでも最近は歳を感じます。頭の回転も悪くなったし、老骨にムチを打つ毎日です。

質問98

母さん。

七十歳になった今、自分の人生を振り返って、どんな気持ちですか?

答え98

息子へ。

今のパートナーである夫と巡り逢って、三十六年くらいになります。色々なことがありました。一言では言い表すことは無理だけれど、この歳まで連れ添ってくれて感謝しています。

波瀾万丈の人生でした。強く生きてきたと思うけれど、やっぱり、人間は一人では生きられないと思います。

私の人生は女の人生というよりも男の人生に近いのかもしれません。女として宝物をもらったとしたら、それは二人の息子たちです。

でも、もう少し息子たちと三人で水入らずの時間を過ごしてみたかった。一日でいいから。これは死ぬまでの私の夢です。

母と僕の未来

質問99
母さん。
あなたの未来について一言お願いします

答え99
息子へ。
未来は……、あなたたち息子はまだまだ忙しそうだから、今は亡き愛犬ベティの後、いつもそばにいてくれる猫たち、レイディー、テンダー、カラー、マーブル、ソックス、スマート、クイックの七匹の私を必要としてくれている子たちとお父さんと、元気な間は暮らしていきたいです。

質問100

母さん。
最後の質問です。
あなたは今、幸せですか？

答え100

息子へ。
はい。
幸せです。

＊

母は「幸せだ」と答えた。
そして、まだ未来を見ている母に、生きることのすごさを教えられた気がした。

「誰もが母から生まれてくる」

そして、その母たちはどこまでも続く生命力で自分の産んだ子どもたちのことをいつまでも想っている。いつまでも叱り、いつまでも心配し、いつまでも愛することをやめないのだ。

しかし、母の人生を全て知ったわけではない。彼女の女性としての生き様は、母親でもなく父親でもなく、性別を超えて「強く生きろ」と僕に投げかけてきた。父親としての自分に疑問を抱いた僕に、

「あんた何に悩んどるだん？　あんたはあんただて。そのまま向き合って生きればいいんだて」

と言われた気がした。

生きることは難しく、いつだって逃げ出したくなるほどだ。でも、母は逃げなかった。どこまでも立ち向かった。一〇〇の答えの中に、その姿が見えた。

暗い防空壕の中で産声をあげた母。

男勝りな少女の母。
キラキラとした瞳で働く母。
恋をする母。
おしゃれをして最初の父である男性に出会った時の母。
結婚式の母。
僕を産んだ時の母。
父の愛人に頭を下げる母。
僕の乗った幼稚園バスを見送る母。
編み物をする母。ミシンをかける母。
弟をおぶって働く母。
授業参観の帰り道、泣きながら坂道を下っていく母。
小学校の職員室で頭を下げる母。
就職が決まって喜ぶ母。
借金取りに頭を下げる母。

電車の窓辺で揺られる母。
改札から出て来て僕たちを見つける母。
恋に悩む母。
離婚を決意した時の母。
引っ越しトラックに揺られている母。
駅の改札で僕を見送る母。
パトカーの中の母。
去っていく新幹線を見送る母。
段ボールの荷物の中に手紙を入れる母。
自分たちの店で生き生きと働く母。
病気に悩む母。
夕日の中を一緒に歩いた母。
弟が去っていった時の母。
僕の結婚式で涙する母。

初孫の顔を見た時の母。

一人で車の中で泣く母。

救急車で運ばれる母。

集中治療室の母。

ごめんなさいと謝る母。

猫たちと笑いあう母。


その瞬間瞬間の母を、僕は全て見てきたわけではない。けれど、その一つひとつが彼女の人生を作り上げてきたのだ。


質問と答えのやり取りが辿り着いた先には、

「ありがとう」

そんなとても普通な言葉しか出て来なかった。

でも、これまでの「ありがとう」とは違うよ、母さん。

ありがとう。
ありがとう。
ありがとう。

エピローグ

母への最後の質問の答えが届いてから一ヶ月ほど経った。

二〇一六年十二月二十九日。

新作映画の年内最後の打ち合わせのために家を出ようとしていた僕に、母から電話がかかってきた。

「おばあちゃんが危篤でね。今、施設から呼び出されたもんで行ってくる」

その声は明らかにいつもの母のそれとは違っていた。不安という言葉が彼女を包んでいるかのような、そんな声だった。

今日の打ち合わせは長くなることがわかっていた。何も起きないでほしい。無事であってほしい。こんな時にも、仕事のことが自分を、自分の感情を食い止めてしまうのは、本当に辛い。そう思っていた時に再び母から着信があった。

「……お母さん、死んじゃった。お母さん、最後にお母さんに会えなかった。会えなかったよ。会えなかったよ……」

母の声は震えていた。自分で車を運転して、豊橋から岡崎までの国道を走っている最中だったそうだ。

母は、僕の母であり、祖母は母の母であり、そのことが母のこの言葉に集約されているように思った。彼女は自分が生まれてきた「母」を失ったのだ。

「……そうかん。そうかん。気をつけて行ってあげて。おばあちゃん待っとるよ。お母さんのこと、絶対にまだ待っとるから」

「……うん。うん。ほだね……、また後で電話するでね。バイバイ」

電話を切った途端、涙が溢れてきた。その涙はやがて嗚咽に変わり、僕は洗面所の壁に頭をこすりつけるようにして泣いていた。大切な何かを失った瞬間、人は自分の感情をコントロールできないものだ。祖母の死を知った時、なぜ自分が今ここに存在しているのか？　なぜ、生きているのか？　そんなことまでもが無意識に頭の中を駆け巡り、体の中を駆け巡り、涙と嗚咽となって噴出したのだ。

「パパ、大丈夫？」

そう声をかけたのは息子だった。その隣には心配そうな顔をした妻がいた。

「パパのおばあちゃんが亡くなったんだ」

とは、息子には言わなかった。それは君が今ここにいることに繋がっている大切な存在なんだよ、パパのお母さんが生まれてきた存在なんだよ、だから君にとっても大切な人が亡くなったんだよ。そのことはきっと言わなくたって息子にはわかるはずだと思っていた。それくらい、僕は泣き続けていた。

年内最後の打ち合わせの最中に、母から電話が来た。

「お通夜が元日。二日が告別式になったでね」

「そうかん。わかったよ。お母さん、大丈夫かん？」

「大丈夫。私がしっかりせんといかんもんでね。あんたは来れるかん？」

「もちろん行くよ」

「わかった。仕事中にごめんんね」

結局、大晦日までを自宅で過ごし、急いで新調したフォーマルスーツを持って新幹線に乗ったのは、元日の朝だった。豊橋駅で新幹線を降り、名鉄電車で東岡崎駅を目指す。赤い名鉄電車の車両には久しぶりに乗った。車両はこんなに狭かったっけ？　そんなことを考えながら、僕の生まれた場所の近くにある東岡崎駅まで辿り着いた。今日は実家ではなくメモリアルホールのある場所に近い、矢作川のほとりのホテルをとった。僕と、母と父親の分だ。チェックインを終えて、部屋で喪服に着替えた。タクシーでホールに向かうと、既に母と父親が待っていた。祭壇には祖母の笑顔の写真が飾られていた。

「おばあちゃん。あなたの孫が来てくれたでね」

棺の中の祖母は、安らかな笑顔で眠っていた。

通夜を終えて、家族葬に集まってくれた三人の親戚たちと僕と母と父親とで、ホテルのレストランで食事をした。お酒の力も手伝って、母の顔もやっと和らいだ。

翌朝、ホテルのロビーで待ち合わせをして、告別式に向かった。火葬場での最後の別れの時、母はじっと祖母の顔を見つめながら、

「お母さん。ありがとね。バイバイ」

そう言って、泣いていた。そんな母を見て僕も泣いていた。

火葬場から豊橋の実家までは僕が運転を代わった。国道一号線に、ゆっくりと夕陽が射し始める時間帯だった。

「お母さん。お疲れ様」

「あんたも、正月からお疲れ様」

「大丈夫かん？」

「うん」

夕陽が沈んで行く。信号待ちで母がふっと言い出した。

「おばあちゃんがみんなを集めてくれただね。しかも正月に見送られるように。おばあちゃんらしくて笑えちゃうじゃんね」

「ほだね」

「おばあちゃんには悪いけど、本当に楽しい時間だったわ」

夕陽に照らされて、母が微笑んだように見えた。

僕は思った。これから、どれだけの時間を母と過ごせるのだろう。忙しい僕を気遣って母が会うことをためらうのなら、そんなことは関係ないとこれからは伝えよう。僕はあなたの息子であり、あなたは僕の母であるのですから。それでも、時間は僕たちの感情や状況にかかわらず進んで行く。生きていればそれを感じ、時に残酷に思い、時に何かを懐かしむことに繋がる。それが生きるということであり、それが前に進むということだ。

信号が、青に変わった。

あとがき

これを本にしようと思ったきっかけは、二〇〇八年の大晦日から二〇〇九年の元日にかけて放送されたエフエム東京の「ゆく年くる年」の中でのラジオドラマの原作を書かせていただいたことでした。

その時のタイトルは『母への7つの質問状』。当時のプロデューサーの延江浩さんと渋谷の居酒屋でお会いして、面白おかしく母の話をしたのが始まりでした。その時は「ベティ・ブルーみたいなオカン」というサブタイトルを付けていたと思います。母に対して恋多き女というイメージが先行していたからだと思います。

ラジオドラマも僕の息子が生まれるところから始まり、最後の母の答え「幸せです」で終わっていました。僕の役を石黒賢さん、母の役を由紀さおりさんが演じてくださいました。ベストキャスティングだと思いました。収録の時、「森谷さんも立ち会ってくださいね」という延江さんのお言葉に甘えてブースにお邪魔しました。ご挨拶させていただいた由紀さんに「これ全部本当のことなんですよね?」と聞かれて、「はい」と答えたら、「素敵なお母様ですね」とおっしゃってくださったのを覚えています。

収録が始まり、石黒さんからの質問に答えていく由紀さんの優しい声にまず原作者が泣き始めました。しかし、気がつくとガラス越しのブースの中に見える由紀さんと石黒さんが自然と涙していくのが見えました。本当は一〇〇個くらいもある質問を、九つに絞って書いたのですが、オンエアでは放送時間の都合で七つになってしまいました。母はオンエアを父親の手前、一人で家のガレージの車の中で聞いたそうです。本当にとても個人的な話を「ゆく年くる年」でラジオドラマにしましょうと提案してくださった延江さんに感謝しています。

それから八年後の二〇一六年。ラジオドラマを聴いてくださっていたアップルシード・エージェンシーの栂井理恵さんに「あれを本にしたいんです」とご相談しました。五十歳という節目に何かを残したいという思いと、本当に母へ一〇〇個の質問をぶつけてみたいと思ったのです。七つや九つでは足りないという思いが、八年という歳月の中でふつふつと湧いていたのです。いくつか本を出させていただく中で僕のインタビューの書き起こしではなく、僕自身が母へのインタビュアーとなってそれを本にしていく、なかなか時間のかかる作業でした。仕事の合間を縫って母への質問状を送り、答えをまとめていく中、ＳＢクリエイティブの吉尾太一さんが出版を決めてくださいました。

「こんな個人的な話が本当に本になるなんて！」と喜びもつかの間、「質問と答えのみではない物語文もお願いします」というオーダーが入りました。正直どこまで書けるか不安でした。普段、脚本家さんたちに厳しい指示を出している自分が今回は書く側の立場になる。締め切りもやってくる。それでも本業の映画やドラマのプロデュースはやらなくてはならない。書けるのか？　書けるのか、俺⁉　実際、後半のほとんどは、奇しくもプロローグの場所・札幌で書いたものです。新作映画の撮影を、締め切りの一ヶ月前から一ヶ月間、札幌でおこなっていたのです。八年前、息子の誕生の知らせを受けた札幌の地で、八年後これを書いているのも何かの縁だと思いながら、ホテルの部屋で四苦八苦する毎日でした。

やがて、七つや九つの質問ではわからなかった母の人生が見えてきました。恋多き女という印象はあっという間に吹っ飛んで、主題は「母と子」だけではなく「親とは」「家族とは」というものまで広がった気がします。母へのロングインタビューを続ける僕にも、家族に対する考え方の変化が訪れた気がします。そして、他の誰にも書けない本になったのではないかと自負しています。逆に言えば、この本が誰にでも書ける「質問と答え」の形式の書籍としてのフォーマットにもなれたとしたら嬉しく思います。

もし、本書を手に取ってくださったみなさんが、ご自身のお母さんやお父さんに聞いてみたいことが出てきたとしたら、一〇〇個とは言わないまでも、いくつかの質問状にして投げかけてみたらどうでしょう？　きっと、意外な親の素顔が見えてくると思います。そして、その親から生まれてきた自分自身の「今まで」と「これから」にも大きなヒントを貰えるのではないかと思います。

最後に出版に際してご尽力くださいました、アップルシード・エージェンシーの栂井理恵さん、ＳＢクリエイティブの吉尾太一さん、きっかけをくださったエフエム東京の延江浩さん、僕を演じてくださった石黒賢さん、母を演じてくださった由紀さおりさんに、改めて感謝申し上げます。

そして、最初のきっかけをくれた息子、いつも支えてくれている妻、娘にも感謝します。

そして、本当に最後に、一〇〇の質問に答えてくれた母に感謝します。あなたの人生を描けたことを誇りに思います。ありがとう。

二〇一七年三月

森谷　雄

装幀　長坂勇司（nagasaka design）

森谷 雄（もりや・たけし）
1966年、愛知県生まれ。日本大学芸術学部映画学科卒業。フジテレビにて大多亮氏に師事し、数多くの連続ドラマをプロデュース。その後、ドラマ・映画の企画・制作を手がける株式会社アットムービーを設立。代表作に連続ドラマ「天体観測」「33分探偵」「イタズラなKiss～Love in TOKYO」（フジテレビ）、「ザ・クイズショウ」（日本テレビ）、「深夜食堂」「コドモ警察」「女くどき飯」（毎日放送）、「みんな！エスパーだよ！」（テレビ東京）、「限界集落株式会社」（NHK）、映画『シムソンズ』『Little DJ ～小さな恋の物語』『ぼくたちと駐在さんの700日戦争』『しあわせのパン』など多数。2014年、映画『サムライフ』で映画監督デビュー。著書に『シムソンズ』（ポプラ社）、『自分プロデュース』（ランダムハウス講談社）がある。

母への100の質問状

2017年5月15日　初版第1刷発行

著　者　森谷 雄

発行者　小川 淳

発行所　ＳＢクリエイティブ株式会社
〒106-0032 東京都港区六本木2-4-5
電話　03(5549)1201(営業部)

編集協力　梅井理恵（株式会社アップルシード・エージェンシー）

編集担当　吉尾太一

組　版　アーティザンカンパニー株式会社

印刷・製本　中央精版印刷株式会社

ISBN 978-4-7973-9025-4